もしすべてのことに意味があるなら

がんがわたしに教えてくれたこと

鈴木美穂

ダイヤモンド社

パパ、ママへ

今日までわたしを大切に育ててくれて、本当にありがとうございます。

これまでのことを振り返ると大変なこともたくさんあって、人一倍……どころか、人100倍くらい、心配と苦労をかけてきたと思います。

それでも、いつも大きな愛情で包んでくれて、弱っているときにはなによりも優先してそばで支えてくれて、どんなときにも絶対的な味方で応援してくれて、本当に感謝しています。


今からちょうど10年前、24歳で乳がんを告知され、診察室に貼り出された胸の画像に映る大きな腫瘍を見たとき、わたしの人生はもう終わりだと思いました。いつかパパとママのような家庭を築くことを当たり前のように夢見ていたわたしがまず思ったのは、「結婚できないままもうすぐ死んじゃうんだ……」ということでした。こうして10年後に生きていること自体想像もできなかったし、大好きな人と結婚できる日が来るなんて、夢のまた夢のように思っていました。「5年生存率は数パーセント」「2年後があるかどうか……」と言う医師もいた中で、きっと、パパとママにとっても、そうだったんじゃないかなと思います。

当時バンコクに単身赴任をしていたパパは、告知を知ってすぐに「仕事の代わりはいるけれど、家族を支える代わりはほかにいない」とすぐに帰国して、納得するまで一緒に病院を回ってくれましたね。

「助かりますよね？」と聞いても「助かる」とは決して断言してもらえない中で、「悔しい」と憤り、「なんとかしてください」と懇願してくれている姿を、よく覚えています。

あのときは、「お医者さんも人間だから、助けられない命もあるんだよ」となだめながら、なんて親不孝ものなのだろうと泣くことしかできなかったけど、悲しみの一方で、パパの不器用だけれどもとても深い深い、愛情を感じていました。

吉本先生に出会うことができ、命にかかわる手術や治療の選択をあのとき一緒にしてくれたパパがいなかったら、今わたしはきっといません。本当にありがとうございます。

ママは、「美穂の病気をわたしが代わりたい」と何度も言っていたけれど、わたしの前では悲しい顔ひとつせずに、「美穂は大丈夫。神様は乗り越えられない試練は与えない。これまでもいろいろなことを乗り越えてきた美穂だから、乗り越えられる」とずっとそばで励まし続けてくれましたね。病院で眠るわたしの頭をなでながら、「母は強し」「母は強いんだ」と小声で自分に言い聞かせているのを、実はあのとき起きていて、気づいていました。物心ついたときからママが言ってくれていた、「笑って過ごすも一生、泣いて過ごすも一生。だから笑っていようね」という言葉が大好きで、どんなにつらいときでもその言葉通りの生き方をしているママのように生きたいと思っています。

そして、病気をきっかけに姉のように頼りになる存在になった妹の美紗。行きたかった会社に入社してたった1カ月しか経っていない中でのわたしの病気の告知で、仕事を辞めてまでパパやママと交代で泊まり込みで看病してくれて、感謝してもしてもしきれません。2つ上のわたしよりも9年も前に家庭を築いた美紗と美紗の家族の幸せを、いつも心から願っています。

それぞれが人生を思いきり楽しみながら、お互いを大切に思い、ピンチのときには一致団結して支え合う鈴木家に生まれてわたしは本当に本当に幸せです。誠さんとも、そんな「心強い」家庭を築いていきたいと思います。

がんになってから、人生いつ終わるかわからないし、胸に大きな傷もあるし、「結婚できなくても幸せだった」と思える人生を生きようと思って生きてきました。自分が「幸せ」と感じられる瞬間をつきつめて考えると、「人に愛されたり、必要とされたり、感謝されること」だったので、仕事や、がん患者さんやご家族を支える活動に必死になって取り組んできました。そんな中で、誠さんと出会うことができました。

まこ、欠陥だらけのわたしのすべてを認め、受け入れ、支え、尊重し、愛してくれて、本当に本当にありがとう。

そして、「ご家族がどう思うだろう」と心配しながらお会いした誠さんのお母さん・照代さんも、お兄さんの一彦さんも裕志さんも、最初にお会いしたその瞬間から心配をぬぐいさるあたたかさで歓迎してくださり、心から、ありがとうございます。

これまで楽しいことやうれしいことだけでなく、つらいことや悲しいこともたくさんありましたが、そのすべての出来事がつながって、今日があります。

そして、そのすべての出来事があったからこその出会いが、わたしたちの人生をつくってくれているのだと思います。

今日は、夢のまた夢だった日を、大切な皆さんとともにこうして元気に迎えいです。

ることができて、とてもありがたくて、うれしくて、感謝の気持ちでいっぱ

10年前、不安で泣いていた自分に、「10年後にはこんな未来が待っているか
ら、大丈夫だよ」と一番見せてあげたい、最高の一日を、本当に本当にありが
とうございます。

泣いても笑っても一度きりの人生、誠さんとともに思いっきり笑い、支え合
い、新たな道を開拓して、これまで支えてもらってきた皆様や社会に、恩返し
ができるふたりになれるように、頑張ります。

これからも、どうかあたたかく見守っていただけたらうれしいです。

今日は、本当にありがとうございました。

美穂

２０１８年9月、結婚式を挙げることができました。

子どものころからずっと思い描いていた、でもがんを患った当初は「わたしにはもう無理だ」とあきらめていた結婚。だからこそ、今までお世話になったできる限り多くの方に感謝の気持ちを伝えたくて、招待客はなんと８００人に！　一度に全員を招待すると一人ずつと言葉を交わすことができなくなってしまうので、同じ日に2回、場所を変えて披露宴を行うことになりました。同じ日に2回披露宴なんて、前代未聞だと皆に驚かれましたけれど。

お世話になった方が、こんなにも大勢集まってくださる機会はほかにありません。改めてわたしたちを知っていただき、人生における新しい章のスタートに立ち会っていただきたくて、おもてなしの準備にはとことん力を入れました。当日は皆さんと一緒にたくさん笑ってたくさん泣いて、一生分と思えるほどの祝福と応援の言葉をいただいて、本当にありがたくてうれしい、幸せなひとときでした。

そして、一番感謝を伝えたかったのは、両親です。披露宴の前夜、ギリギリになって両親に宛てた手紙を書き始めたのですが、思いが溢れすぎてまとまらず、結局朝まで一睡もせずに書き上げることになりました。本当はきれいな便箋に手書きで書き写したかったのですが、どうしても間に合わず、ワードで打った文書を結婚式場にプリントアウトしてもらい、それを封筒に合うサイズにハサミで無理やりカットするというドタバタぶり。披露宴の終盤、涙ながらに読み上げた手紙は、実はプリント用紙……。でも、心からの思いを伝えることができたと思います。

少し長くなりましたが、その手紙をはじめに紹介させていただきました。

改めて。わたしは鈴木美穂と申します。日本テレビで記者として、キャスターとして、２０１８年まで約13年間勤務しました。そして２０１６年からは、マギーズ東京というがん患者や家族のための無料相談支援施設を運営しています。

２００８年5月、24歳で、がんのことをなにも知らずに、がんになりました。日本テレビで働き始めて3年目、仕事にも慣れ、さあこれからという時期に、まさに青天の霹靂でした。仕事だって辞めなければならないだろうし、結婚もできないまま死んでいくんだ……と悲しみのどん底に突き落とされました。その後の闘病生活では何度も心が折れそうになり、「なんで自分だけが」と泣いてばかりいました。

そんな自分に、まさかこんなふうに思える日が来るとは、思ってもみませんでした。

がんにならなければ、その存在を知ることも、携わることもなかっただろう「マギーズセンター」。

がんにならなければ、出会うことがなかった大切な仲間たち。愛する人。

そして、がんになったからこそ気づいたこと、学んだこともたくさんありました。

がんになりたくてなる人はいないと思います。身体的にも精神的にも負担は大きいし、本人だけでなく、家族や近しい人にとっても、ときにつらく悲しい思いをさせる病気です。

わたしも24歳という若さでがんと向き合わざるを得なくなってから、何度となくがんを恨みました。ただ一方で、今のわたしの生き方や、今のわたしを形づくっているのも、間違いなくがんの影響によるところが大きいのです。

がんにならなければ、子どものころからずっと憧れ、目指してきたテレビ局を辞めるなんて、きっと考えもしなかったと思います。がんがわたしの視野を広げ、新たな可能性を示してくれたとも感じています。

人は皆、なにがあっても、「この自分」「このわたし」で生きていかなければなりません。

当たり前のことではありますが、どんな傷を負っても、どんなに自分のことが嫌いになっても、「わたし」を誰かに代わってもらうことはできない。この世に生きる限り、「わたし」を生き抜いていかないといけない。そのためにも、どんなことにも意味がある、と捉えられたら。そんな思いから、この本を書きました。

この後の本編では、がんを宣告された2008年5月に遡り、2019年の現在に至るまでの約10年間の記録を、その時々の気づき、思い、学びとともに紹介しています。

10年前、こんなふうに考えられたらもっと楽だった、知っていればもっと心強かった……という、過去の自分に宛てたメッセージでもあります。

わたしはまだまだ未熟な人間ですが、これまでの経験を通して伝えられることがきっとあるはず。この本が、ほんの少しでも、手にとってくださった方の支えになれたら、これほどうれしいことはありません。

目次

装丁　轡田昭彦
本文デザイン・DTP　坪井朋子
カバー撮影　平本泰淳
カバーヘアメイク　菊地身季慧
編集協力　伊藤理子

小さな違和感も残さないほうがいい

それは、ごくありふれた日常の中で偶然見つけたものでした。

日本テレビに入社して社会人3年目を迎えようとしていた2008年3月のこと。朝が少し苦手なわたしは、まだ布団の中で粘りたがっている体を5分おきに設定した3度目の「遅刻ギリギリ」アラームでたたき起こし、10分ほどの簡単なシャワーを浴びてさっと体を拭いて、いつものようにブラジャーをつけようとしていました。

後ろのホックをつけたあと、少し前かがみになって右手で左胸を手繰り寄せ、左手で右胸を手繰り寄せ……いつかランジェリーショップのお姉さんに「こうするとキレイに見えます」と教えてもらって以来長らく繰り返している方法で、胸を寄せて上げてブラジャーにすっぽりと収めようとしたそのとき、柔らかい右胸に昨日までは気づかなかった違和感を見つけたのです。

「あれ？　これはなんだろう？」

そこにあったのは、コリコリと動くしこり。なんだか嫌な予感がして、一瞬動きを止めました。でも、改めていろいろな方向から触ってみても、痛くもかゆくもない。気にはなるけれど、そんなことよりも早く仕事に行かなくちゃ。ここで立ち止まっていて遅刻したら大変！　バタバタとその後の支度を済ませ、そのときのわたしにとっては圧倒的に大事だった仕事へ。そして、忙しい一日がその朝の小さな違和感をあっという間に上書きしていきました。

当時のわたしは、夕方のニュース番組のＡＤと社会部遊軍の記者を経て、外勤の記者として駆け出したばかり。皇室担当として、宮内庁の記者クラブに詰めていました。「さまざまな課題や困難を抱えながら一生懸命生きる人の姿を伝えるドキュメンタリー番組をつくりたい」と抱負を語って日本テレビに入社したわたしにとって、その目標とは遠く離れたところにあるように思えた宮内庁。しかも日本テレビに数いる報道記者の中でも皇室担当はわたし一人と聞いたときには「自分にこの仕事が務まるのか」と少し不安になりました。

でも、配属3日目に皇太子さまの同行取材をする日本テレビの代表記者として同じ政府専用機に乗せていただいてモンゴルへ飛んで、大興奮。モンゴルの草原を馬に乗って移動しながら、はじめての「ゲル」に泊まって星が瞬く空を見上げながら、「星族の方々も、いろいろな感情を抱えて生きる、わたしたちと同じ『人』なんだ」という思いに至ると、なかなか本音が見えない中で「どんな思いで生きているんだろう」と関心もむくむくとわいていきました。

今思うと入社1年目のAD時代にすでにかなりやんちゃな仕事ぶりを見せていたわたしを、取材難易度の高い記者クラブに放り込んで、少し大人しく育てようという上司の目論見があっての配属だったのかもしれません。でも、ほかの新聞社やテレビ局は経験のある記者を配置していたため記者クラブの中で唯一の20代だったわたしは、「右も左もわからないので教えてください」と言える特権をフル活用して他社の先輩方を頼りまくり、とてもありがたいことにあたたかく現場のいろはを教えていただきました。

見よう見真似で関係者のもとを朝回り・夜回り（ご自宅の前で外出や帰宅を待ち、お話を聞かせていただくこと）して少しずつ人脈を築き、たまに上司にも驚かれてしまうような突撃取材もして、そのやんごとなき世界を、わたしなりに開拓していきました。

しこりに気づいたのは、そうして走り回ること8カ月、頼れる人間関係もできてきて、少しは喜んでもらえたり褒めてもらえたりする独自の原稿も出せるようになり夢中で働いていた、そんなときでした。

はじめてしこりに気づいた日はそれでも気になって、仕事を終えて帰宅するやいなや、再び右胸を触ってみました。「なくなっていますように……いや、やっぱりあるなあ」。

でも、夜が明けたら、また新しい一日の始まり。いつものように忙しく毎日を過ごしていれば、いつの間にかなくなっているよね。そう楽観的に捉えて忘れようとしていました。

小さな違和感をかき消すには十分忙しく、忘れたいことを忘れるには十分充実した日々。そんなわたしが再びしこりに注目せざるを得なくなったのは、数日後、夜回りに行く前に書店に立ち寄ったことがきっかけでした。

夜回りは、話を聞きたい取材相手のご自宅前で待ち、帰宅したところで話しかけるのが基本なのですが、わたしはその待機時間に本を読むのが好きでした。暗闇の中、電柱のライトを頼りに立ったまま、そして人が通るたびにお目当ての取材相手ではないかと警戒しながら本を読む24歳女子の姿は、周りから見たら結構不気味だったかもしれませんが、当時はそれが一番有意義な時間の使い方に思えて、慣れてしまえば快適な読書時間でした。

その日も、いつものように「今夜はなにを読んで過ごそうかな？」と何気なく書店に入ったところ、ベストセラーのコーナーにあった『余命1ヶ月の花嫁』という本が目に飛び込んできたのです。わたしと同じ24歳で、乳がんで亡くなった女性の実話をもとにしたストーリー。

そういえば、わたしのしこりはどうなっただろう……おそるおそる右胸をそっと触ってみると、変わらずそこにあるのを感じ、ドキッとしました。もし同じ病気だったらどうしよう。急に余命1カ月なんて言われたら……想像するだけで怖くて、本を手に取ってみることすらできませんでした。

ちゃんと向き合ってみよう。

その日、夜回りを終えて帰宅して、おそるおそるインターネットで検索しました。でも、「胸」「しこり」などと入力して出てきた記事を読んで、良性のしこりということもあるし、乳がんということもあるんだと一喜一憂して終わりました。わかったのは、結局検査を受けてみないと自分のしこりがどれに該当するのか、肝心な答えを見つけることはできないのだということだけでした。

消えないしこりにいよいよ不安が募り始めた3月28日、久しぶりに会社に寄ることができたタイミングで勇気を振り絞って社内にある診療所を訪ねました。しこりに気づいてから、3週間は経っていたと思います。

簡単に触診した後、先生はわたしにこう言いました。

「しこりは確かにあるけれど、触った限り顔つきは悪くなさそうですね。ベストセフト本の影響か、しこりが気になると言って受診する人が増えているけど、そもそもその年齢で乳がんになるのは、本や映画になるくらい、稀なこと。生理の関係や乳腺症でしこりのようなものができることもあるから、それじゃないかな。次第になくなると思うけれど、1カ月くらい様子を見てまだ消えていなかったら、安心するためにも一度詳しい検査をしてみましょう」

そして、「大丈夫だと思うけれど、念のため」と、会社から2駅の場所にある国際医療福祉大学三田病院への紹介状を書いてくれました。予約はおよそ1カ月先の4月

24日。「そのときまでになくなっていたらキャンセルすればいい」と聞いて、ほっとしました。「もう大丈夫」というお墨付きをもらえた気さえして、日常に戻っていきました。

でも、どこかで思っていました。「ちょっと触ってみただけで本当にわかるのかな？　もっとちゃんと検査してもらったほうがいいんじゃないかな？」と。それでも、仕事では納得がいくまでガンガンつっこんで取材していたわたしが敢えてそれを口にしなかったのは、病気だとわかるのが怖かったからだと思います。普段あんなにフットワーク軽く取材していたのだから、そもそも自ら専門医の予約をして検査を受けることだって難しくなかったはずなのに。

このときのことを今でも悔しく思い出す今、もし当時のわたしに声をかけられるなら、「小さな違和感も残さないで」と伝えたいです。糸も絡まり始めのほうがほどきやすいように、人間関係のわだかまりも小さなほうが解きやすいように、病気も早いうちに手を打ったほうが治りやすい。きちんと検査を受けて「良性」だったら安心すればいいし、「経過観察」だったらそこではじめて経過観察すればいいし、「悪性」だったら早く治療が始められる。

それなのに、わたしは先延ばしにしてしまったのでした。

人生には、
ときに避けられない「４つの坂」がある

診察から半月ほど過ぎたころでしょうか。もしかしたら、もうなくなっているんじゃないかと期待しながら右胸を触ってみました。しかし、しこりはなくなるどころか、大きくなっているように感じました。その日からシャワーを浴びるたびに、着替えるたびに、触るようになりましたが、しこりはいつでもそこにあって、不安は募るばかり。でも、先生は大丈夫だと言っていた。だから大丈夫、大丈夫……。

そう自分に言い聞かせ、やり過ごしながら1カ月弱。わたしの右胸にあったしこりは、はじめてその存在に気づいたときに比べ、倍ぐらいの大きさになってしまっていました。

とうとう迎えてしまった、検査の予約日。とにかく「大丈夫」という診断をしても

らって不安な気持ちを払拭したい一心で、病院に向かいました。そして、触診と、右胸に針を刺して細胞を取る「針生検（はりせいけん）」を受けました。

ここでも「触診の感じでは、がんっぽくはない。9割方、安心していいのではないか」と言われて、胸をなでおろしました。パチンと針を刺す瞬間は痛かったけれど、こんなもので安心させてもらえるなら、いくらでも我慢できると思いました。

検査はあっという間に終わり、「来週には結果が出ます。ハガキでも送ることはできますが、近いし、仕事の合間にでも結果を聞きに来ることはできますか」と気軽な感じで言われて、「ああ、やっぱりきちんと検査を受けてよかった」と一気に心が軽くなったのを覚えています。

しかしその翌日、宮内庁で突然、高熱でぐったり動けなくなってしまいました。診断の結果、腎盂腎炎（じんうじんえん）とのこと。そのまま宮内庁病院に4日間入院することになりましたが、その間、医師にも、皇居の中を皇宮警察に誘導されながら毎日お見舞いに来てくれた家族にも、しこりについて話すことはありませんでした。

「安心していい」とは言われたものの、この症状がしこりと関係があったら怖い気がして、無意識のうちに避けていたのかもしれません。

そして4日後、退院するときに迎えに来てくれた母にようやく打ち明けました。

「腎盂腎炎という診断だったけど、実は、胸にしこりがあって、気になっていたんだよね。でも、あっさり退院できたからしこりは関係ないってことだよね」と。きっと母から「大丈夫よ」と後押ししてほしかったのだと思います。

しかし母は、「そっちのほうがなにかあったら大変じゃない」と心配そうな表情。「ほぼ大丈夫って言われているから、大丈夫、大丈夫」と自分にも言い聞かせるように言って、その話は終わりにしました。どこかで感じる不安を打ち消して、そう信じようとしていたのかもしれません。

そんなやりとりからさらに4日後——忘れもしない、2008年5月2日のこと。午前中、皇后さまの取材を終えて、午後の取材が始まるまでの間、「安心」を求めて病院に寄ったわたしは、診察室の扉を開けた瞬間に不穏な空気を察しました。

え、まさか……。

「残念ながら、検査の結果……」と、若い女の先生はどこか申し訳なさそうな表情をしながら、ゆっくりと言いました。

「残念ながら、『悪いもの』が出ています」

なに、どういうこと？

「『悪いもの』って、がんですか？」

「はい、悪性の腫瘍です」

おそるおそる聞いたわたしに、先生はあまりにあっけなく即答しました。

「……わたしが、乳がんってことですか?」
「そういうことになります」

目の前が、真っ暗になりました。
大丈夫だと言ってもらって安心するためにふらりと1人で病院を訪れた結果、なんの心の準備もなく、がんを告知されるなんて。わたしが、乳がん? 嘘、嘘でしょ。まるでマンガの効果音のように「ガーン」という音が頭に響きました。あれ、「ガーン」の語源は、「がん」なんだっけ? いや、違うんじゃない? とどうしようもない考えが頭をぐるぐる巡りました。でも、今でも「ガーン」以外に、あのときのショックと絶望感を表現する言葉は見つかりません。

カラフルだった世界が突然色を失い、胸が締め付けられて、息苦しい。さっきまでバリバリ仕事をしていたはずなのに、「自分はがんなんだ」と認識した瞬間から、「死」がものすごい勢いで迫ってくるように感じて、怖くて仕方がありませんでした。

「人生には3つの坂がある」と、よく言います。「上り坂」「下り坂」、そして「まさか」です。ここまでは有名なので知っている人も多いと思いますが、「まさか」はときに4つ目の坂を引き連れてくることがあるとこのときはじめて知りました。それは、「まっ『さか』さま」という急転直下の坂……。

わたしだけこの世界から切り離されて、暗闇の中を奈落の底に向けて「まっさかさま」に落ちていくようでした。

死を想うと、自分にとって大切なことがわかる

体が石のようにこわばって、その場を動けずにいるわたしに、先生は淡々と言いました。

「大変申し訳ないのですが、今日はお仕事に戻っている場合ではありません。至急、詳しい検査をしたいので、お昼でも食べて、2時間後に戻ってきてください」

「お昼でも食べて戻ってきて……」。実際にこの状況で気丈にそうできる人は、どのくらいいるのでしょう。ショックが大きくて椅子から立ち上がれずにいると、先生は申し訳なさそうに続けました。

「ごめんなさいね、次の方が待っているので」

1年間に約100万人もの人が新たにがんになる時代。待合室は診察待ちの人で溢れ、1人に充てられる時間は限られている。今なら、恨むべきは医師ではないとわかるのですが、当時のわたしにとっては、この世の終わりくらい冷たい言葉に感じられました。その場で気持ちを整えることさえ許されず、たったひとり世界からおいてきぼりにされた気分。ふらふらと診察室を後にし、病院からもさまよい出ると、外の壁にもたれかかってしゃがみこみ、母と、当時東京と宮城の間で遠距離恋愛していた彼に電話をしました。

「わたし、がんになっちゃったみたい……」

声に出して人に伝えると、急に現実味を帯びて涙が溢れ出ました。病院名を伝えると、2人とも「今すぐ行くから」と言ってくれて、ますます涙が出ました。

そして、深呼吸してから、当日の社会部デスクにも電話。

「たった今、がんを告知されてしまったので、午後の取材、どなたかに代わりに行っていただけないでしょうか？」

平静を装いながら淡々と伝えたつもりですが、入社3年目の部下に突然そんなことを言われた上司は、どんな気持ちだったでしょう。「えっ……」としばし絶句した後、「とにかく今は自分のことだけを考えてね」と言ってくれました。

一通り連絡をし終えて、浮かんできたのは「どうしてわたしが？」という思い。どうして、なぜ、わたしががんに……。神様、わたしはなにか悪いことをしたのでしょうか？

自分は健康だと信じて疑ったこともなかった24年間。当たり前のように、おばあちゃんになるまで生きると思っていました。それが今は、胸の中でしこりが熱を帯びてズキズキと鼓動して、時限爆弾のように、いつ爆発してもおかしくないように思えてくる。

お願いだから、まだ死にたくない。仕事は道半ば、入社試験で「自分にしかつくれないドキュメンタリー番組をつくる」と熱く語った目標はまだ実現できていない。さあこれからと思っていた親孝行も、いつか当たり前のようにできると思っていた結婚も出産も叶わず、絶対に行くと決めていた世界一周も夢のまま、人生が終わってしまうなんて——。

——思えば、これまで本当に楽しく面白く、充実した日々を過ごしてきました。大学時代にはバックパッカーとして30カ国を旅したり、日本縦断をしてみたり。もちろん、勉強もサークルもアルバイトも、恋も。

そして、小学生のころからの夢だったテレビ局に入社して、ようやく仕事にも慣れてきた。これでもかというぐらい人生を満喫しすぎたから、平均寿命の3分の1にも満たない短さで一生分の幸せを使い果たしてしまったのかな。

気づけば、地べたにうずくまり、膝を抱えて号泣していました。わたしの背中に優しく手をおいて「大丈夫ですか？」と声をかけてくださった女性がいたけれど、膝にうずめた顔をあげられないまま縦に振って、ただただ泣き続けることしかできませんでした。

しばらくして、そろそろかなと病院のエントランスをぼんやり見つめていると、1台のタクシーが到着し、ドアが開くと母の姿が見えました。タクシー代を払い終えた財布から、小銭がばらばらとこぼれ落ち、それらを拾いきることもせずに、病院の入り口めがけて走っていこうとする母の姿。母がこんなに動揺する姿を見たのは、生まれてはじめて。ママ、悲しい思いをさせて、ごめんね。

「ママ！　ここにいるよ！」。母のもとに駆け寄り一緒に小銭を拾っていると、さらに泣けてきました。わたし、ママを残して先に死んじゃうかもしれないんだ。もう会えなくなってしまうかもしれないんだ。

自由にのびのび育ててもらって、いつもどんなときも応援してくれたけれど、その裏でたくさんドキドキハラハラさせて、心配をかけてきた自覚がありました。社会人になって、いよいよ親孝行できるって思っていたのに。旅行に連れて行くって約束していたのに。

母は気丈に「大丈夫、大丈夫大丈夫だからね」と、ボロボロと涙を流すわたしの髪を撫でてくれました。わたしはそんな強くて優しい母に人目もはばからずに抱きついて、母の胸に顔を埋めて泣きました。恐怖と不安でいっぱいで、ただただ生きたいとしがみついて、涙腺が崩壊してしまったかと思うくらい、涙が止まりませんでした。

ひとしきり泣いたあと、母にもたれかかりながら検査の受付に向かいました。待合室の椅子に座って深呼吸。心を落ち着かせると、わたしの頭に浮かんできたものがありました。

それは、仕事、親孝行、結婚、出産、世界一周、の5つ。できていないまま、死にたくない!!

こんなにもショックで、涙が止まらないのに、人生がもうすぐ終わるかもしれないと思うと「いつか必ず」と潜在的に思ったままやり残している大切なことがこんなにも鮮明に浮きあがってくるのだ、と驚きました。今、こんな状態で頭に思い浮かべるほどわたしは「世界一周」したかったんだなあ、とも。

――サークルやゼミの傍らアルバイトにも精を出し、お金が貯まると旅に出ていた学生時代。そんな中、漠然と世界中で起こっているさまざまな問題やギャップの種は「知ること」で埋まっていくんじゃないかと思うようになっていきました。

だからこそ、多様性ある世界や価値観の中で生きる人の姿や思いを伝えていきたいと感じ、小学生のころから憧れていた報道の仕事への思いは一層強くなっていました。そして、社会人になる前に、世界中の人と出会い、世界を感じたくて、世界一周したいと考えるようになりました。

そのために大学3年生までに卒業に必要な単位を取り終えて、大学3年生の冬、日本テレビに内定をもらえたと同時に就職活動を終了。大学4年生の期間を使っていざ行くぞと思ったら、「入社するには必須」と言われた研修が頻繁にあることがわかり、1年間の世界一周をママチャリとヒッチハイクでの3カ月間の日本縦断に切り替えた経緯があったのでした。

いざ死ぬかもしれないとなったときに、ぱっと頭に浮かぶほどの「やりたかったこと」だったなら、やっておけばよかった。でも、過去は変えられず、時間は巻き戻せない。世界を飛び回る夢を思い描いていたわたしは今、がんを告知されて病院の待合室に座っている。たくさんのやりたいことを残したまま、人生を終えるかもしれないと思うと、後悔してもしきれませんでした。

呼ばれるがままに検査室に入ったあとのことは、実はあまり覚えていません。当日のメモを見ると、マンモグラフィーとMRIを受けたようです。

唯一記憶にあるのは、長い検査を終えて待合室に戻ると、母と、宮城から駆け付けてくれた彼が、並んで座っていたこと。

彼とはまだ、付き合い始めたばかり。きっと気まずさがあったはずなのに、初対面の母にずっと声をかけ、励まし続けてくれていて、ありがたかったです。そして、わたしの顔を見るなり、「大丈夫だから」とそっと抱きしめてくれました。

長い検査で体も心も疲弊して、ふらふら。まだ検査の結果も出ていないし、大丈夫な根拠なんてどこにもなかったけれど、母と彼が言ってくれた「大丈夫」という言葉があの日のわたしにとってどれほど心強かったか、わかりません。そしてわたしはその言葉だけを頼りに、6日後の検査の結果を待つことになりました。

誕生日や彼ができた日など、小さなきっかけで思い立って日記を始める（そしていつも長くは続かない……）癖があるわたしは、がんを告知された夜から新たなノートに日記をつけ始めました。

日記の始めのページでは、一生懸命「大丈夫」と自分自身に言い聞かせています。

5月3日　0：48

10時の予約で病院に行ってから、長くて重い一日だった。ちょちょいとマンモグラフィーを受けて、先生と話して、「なーんだ、たいしたことなかったんだ。取り越し苦労で良かった」って、それで終わるつもりで行ったのに。全然違った。

「細胞を調べた結果、悪いものが出てる」……って、あまりにあっけなく言い渡された。そんなの、わたしに限ってないって一生懸命信じてたのに。

胸にしこりを見つけたときから、まさかまさかって思ってた、そのまさかが現実になっちゃった。

でも多分わたし、今でもそのまさかをしっかりとは理解できてない。

自分のことじゃないみたい。

どこか他人事のように、ほかの場所から見てる自分がいる。

よくドラマとかで病気になった人のストーリーがあるけど、共感するし心も動かされるけど、それでもきっと、みんなどこかで〝でも自分に限って大丈夫〟って思いを持ってるんだと思う。わたしもそうだったし、今でもなんだかコトの重大さがよくわからない。

（中略）

わたしはどうして、こんなにママとパパを困らせるんだろう。学生時代にさんざん心配かけたから、社会人になって恩返し……って思ってたのに、やっとペースがつかめてきたなって思えてきた、その矢先にこれ……。

昨日〝母の日なにがほしい？〟って、そんなこと聞くなら、まず健康で心配かけないほうがずっとずっと親孝行なのに。全然親孝行できてないうちにすごく親不孝になっているじゃん。すごく悔しい。

彼についても、いいのかなあ。

再会してまだ１カ月ちょっと。付き合おうってなってからなんてまだ11日だよ。

それで、これ。どんだけなのって感じでしょ。

今日はそばにいてもらえて、すごく支えられたけど、一緒にいてくれるって言ってくれたけど、悪いなあって思う気持ちはやっぱり、ある。それでもいてほしいから、いいのかな。すっごい重荷だろうに、こんなんでごめんなさい。

それよりありがとうだね。なんでもない顔して痛みを共有してくれたことでどれだけ救われたことか。


メールで報告した友だちも、みんな本気で心配してくれて、じーんとした。


とにかくみんながいるし、ひとりじゃないし、きっと、絶対大丈夫。

今まで人より幸せすぎたからその分かな……とか、わたしなんか行いが悪かったかな……とか、考え出すとキリがないから、やるだけのことをやって、あとは前向きに大丈夫さってかまえていよう。だって、今まで大丈夫じゃなかったことなんてないし、ムリって思えることだって、なんだって乗り越えられてきた!!

神様は乗り越えられない試練は与えないんだから、わたしだったらやってくれるって、きっとわたしを選んだんだろう。
しっかり治して、また乗り越えられたことの1つに加えよう。

きっと大丈夫、なんとかなるから。

「あのとき、もし」と思っても、時間は巻き戻せない

5月2日の精密検査の結果と治療方針の説明は、5月8日に聞きに来てくださいと言われました。「明日からゴールデンウイークで病院はお休み、診療開始は8日から」とのこと。

人がこんなに絶望的な気持ちでいるのに、命がかかっているのに、なにが〝ゴールデン〟だ！　どんなにうらめしく思っても、世の中はいつも通り回っていく。

連休中は取材の予定がびっしり入っていましたが、上司が気を遣って代理を立てて調整してくれていたので、気を取り直そうとぽっかり空いたこの期間に彼が住む宮城県に行くことにしました。

2人で秋保温泉を旅行し、秋保大滝を見て、新緑が美しい山々を歩き……何事もな

かったかのようにはしゃぎました。少しでも気持ちが軽くなればという彼の心遣いが染み、それに応えるように無邪気に笑顔で振る舞いました。

でも、そんな中でも何度も頭をよぎるのは、「これが最後かもしれない」という思い。「こんなきれいな自然、もう見られないのかな」とか、「手術をしたら温泉には二度と来られないんだろうな」などと感傷的になってしまうのです。せっかくの彼との旅行なのに、なんだかこの世とお別れをする準備をしているみたいな気持ちになり、つい涙してしまうこともありました。せっかくの仙台名物・牛タンも、涙で味がよくわからなくなって、もったいなかったです。

そして、5月8日、再び病院へ。この日はがんがさらにほかの部位にも広がっていないかを調べるためPET検査を受けたのですが、検査中、暗闇のドームの中でよくないものがたくさん見つかる想像ばかりしてしまい、つぶった目からまた涙がこぼれ落ちました。そして、翌9日には乳腺エコーを、翌10日には婦人科の検診を受けました。

怒濤の検査を経て、その結果が出ることになっていた12日には、それまでずっと付き添ってくれていた母に加えて父も、単身赴任先のタイ・バンコクから急遽帰国して、病院に付き添ってくれました。

診察室に入ると、すでに胸の画像が張り出されていました。そこには、見た瞬間に「ああ、終わった」と絶望するほどの大きな黒い影がふたつ。それは、右胸の半分を占めているといっても過言ではなく、素人目で見ても、そこに存在していてはまずいものだということがはっきりとわかりました。

「これ、わたしの胸……？」

そのとき、当時の三田病院の乳腺センター長で、後に私の主治医となってくださる吉本賢隆先生が入ってきました。

「これはわたしの画像ですか？　やばくないですか？　わたし、もうすぐ死んでしまうんですか？」

詰め寄るわたしを、「大丈夫、大丈夫」となだめる吉本先生。

「絶対？　絶対大丈夫ですか？」と再び聞いた問いに「絶対」とは言ってくれないまま、淡々と病状の説明を始めました。

しこりは合わせて5センチ、ステージはⅢ。今のところ右胸以外への転移は見当たらないけれど、おそらく1カ月で倍の大きさになってしまうくらい成長の早いタイプだとのこと。そして、間髪いれずに、「右乳房を残すのは難しい。全切除する手術をしましょう」と。

懸命にメモを取っていた手が止まりました。

5月2日の時点では、先に抗がん剤を投与する術前化学療法をして腫瘍をできる限り小さくしてから、乳房温存手術をするという方法を説明されていました。でも、手で触って感じていた腫瘍の奥にもう1つ腫瘍が見つかり、しかも乳頭の近くにまで広がっていたため、乳房温存は難しいだろうとの判断でした。

「ごめんね……本当にごめんなさい」

画像を目にした瞬間から、わたしは何度も何度も両親に謝っていました。気丈に振る舞わなくてはとこぶしを握り締めながら立ち尽くしている父と、ショックを隠しきれずに両手で顔を覆っている母。ふたりを前に、「ごめんなさい」という言葉以外見つからなかったのです。

がんを告知されてからずっと心を占めていたのは、両親に申し訳ないという気持ち。わたしのせいで、こんなにも悲しい顔をさせてしまっている。すごく大切に育ててもらったのに、こんな親不孝をすることになるなんて……。

24歳で、右胸を失う。想像するだけで、めまいがしました。と同時に「小さな違和感」を放置し、いつか消えると信じてないがしろにしてきた1カ月余りのことを悔やみました。気づいたときにすぐに手を打っていたら……体が全力で発していたSOSのサインに気づいたときに対応していたら、もしかしたら乳房を守れたかもしれない。

でも、どんなに「あのとき、もし……」と思っても、時間は巻き戻せません。大きな代償を払って得た反省を胸に、これからできることをやっていくしかないのです。

わたしは、気が遠くなりそうになりながらも、低下しきった思考能力で先生の説明を理解しようと必死でした。

闘いは、
相手を知ることから始める

不幸中の幸い、それまでの検査でわかる範囲では、乳がんの右乳房以外への広がりは見つかりませんでした。

吉本先生によると、わたしの場合、まず右乳房を全切除する手術を受け、手術中に腋窩（えきか）リンパ節への転移があるかどうか「センチネルリンパ節生検」で調べ、手術後は再発や転移を予防するために２つの種類の抗がん剤治療を３カ月ずつ行うのがいいだろうとのこと。

また、腋窩リンパ節への転移の状況次第では、放射線治療をし、針生検の結果でわかるがんの病理次第では、分子標的薬を３週間に一度投与し、ホルモン治療を５年から10年行うとのことでした。

がんについて無知だったわたしは、「手術が終わったらもう体の中に悪いものはないはずなのに、再発転移の予防をするためにどうしてさらにそんなにもたくさんの治療が必要なのか」と理解に苦しみました。ステージⅢで、右乳房以外への転移は見つからなかったと説明してくれたけれど、本当はもっと酷い状態で、もうがんは全身に広がってしまっているのではないか。でも、そこまで告知するとわたしがとても耐えられないから少し軽めに説明しているのではないか。もしそうだったら、そんな事実聞きたくないけれども、もう先が短いのなら短いなりにこれからやることを考えなければ。

悪いほう悪いほうへと考えてしまう頭を無理やり切り替え、勇気を振り絞ってその治療の意図を詳しく尋ねると、今検査で見えている範囲のがんは手術で取りきれても、まだ見えないレベルの大きさのがんがどこかにちらばっている可能性があり、手術のあとの一連の治療は、わたしのタイプのがんの治療において、再発や転移を予防するために必要な「標準治療」とのこと。

なかなか理解できないわたしに、吉本先生は、手術後に抗がん剤治療などを行ったときとそうでないときの5年生存率の折れ線グラフを見せながら「すべてやったほうがいいでしょう」と説明してくれましたが、今度はその生存率を見てショックを隠せませんでした。つい最近まで5年後には100パーセント生きていることを疑わなかったのに、すべての治療をしても生きられない可能性がこんなにあるんだ……。

ようやく、手術も、手術後の治療も生きていくために必要なのだと納得しました。でも、ほかの選択肢はないのか。また、手術をするにしても右の乳房をすべて切除するのではなく、なんとか温存できる方法はないのか。

抗がん剤を手術の前に投与して腫瘍を小さくしてから、温存手術をするのはどうかと吉本先生に聞くと、「手術が先か抗がん剤が先かでは生存率は変わらないとされていて意見が分かれるところだけれども、たとえ抗がん剤が効いても鈴木さんの場合は温存手術では残した部分からがんが再発するリスクが高いから、どちらにしても切除したほうがいい」とのことでした。でも、手術や治療が進んでしまってから後悔しても、取り返しがつきません。そこでわたしは、「セカンドオピニオンを受けたい」と申し出ました。

実は、がんを告知された日、駆けつけてくれた彼に「セカンドオピニオン」を勧められていました。「この病院で結果や治療方針が出ても、それがすべてではないはず。いろいろな選択肢を見て、納得のいくものを選ぼうね」と。

宮城から東京に向かう中で、がんに関するあらゆる情報を収集してくれていたからこその、アドバイス。彼だって、突然のことに驚き、うろたえていただろうに。

実は、わたしの家族や親族にそれまでにがんになった人は一人もいませんでした。なんの知識もなく、動揺するばかりのわたしたち家族にはなかった発想だったので、ありがたかったです。

最初のセカンドオピニオンは、会社の先輩、斉藤弘江さんが一緒についてきてくださいました。入社1年目のときにＡＤをしていた番組プロデューサーの小林景一さんに「がんを告知された」と報告に行ったところ、すぐに乳がんの専門医に密着取材したことのある弘江さんに電話をしてくれ、その場に来てくれた弘江さんがその先生との約束を取り付けてくれました。

2日後に2人でその先生が開業していたクリニックに伺うと、ありがたいことに診療時間後に2時間ほど時間を取ってくださっていましたが、そこでも右乳房の全切除は免れないだろうという診断。そして「うちにかかることにならなくても知っておいたほうがいいから」と乳がんについて詳しく説明してくださいました。

そこで、ひとくちに乳がんといっても女性ホルモンの影響を受けてがんが増殖する「ホルモン受容体」があるか、がんの増殖に関与するタンパク質「HER2（ハーツー）」が過剰に発生しているかなどでいくつかのサブタイプに分かれ、それぞれ治療が異なることを教えてもらい、わたしの乳がんのタイプや年齢的に、どれだけリスクの高いものなのかということも客観的に知ることができました。聞くのもつらい部分もありましたが、その後自分のがんについて調べたり、向き合ったりする上でとても大切な基礎知識になりました。

「敵を知り、己を知れば、百戦危うからず」という孫子の格言がありますが、どんな場面でも、敵のような存在が現れたときは、怖くてもまずは、相手のことをとことん知り、自分が持てる対応策を知ることが第一と身をもって学びました。それを教えてくださった方々には今でもとても感謝しています。

大切な選択に遠慮はいらない

実は、はじめにセカンドオピニオンを受けたいと申し出るときは、「こんなこと言ったら、先生を信頼していないみたいで失礼かな。怒られたりしないかな」とビクビクしていました。でも、いざ吉本先生に相談してみると、そんな心配とは裏腹に、先生は「もちろん、どうぞ！　納得できるところで治療するのが一番！」と言ってくださいました。しかも、「手術の日程は押さえておくから、前日の夜まで迷っていい」とも。ありがたいことに、すぐにセカンドオピニオンを受けるための紹介状を書くなど、準備を進めてくださいました。

結論から言えば、吉本先生に日程を押さえてもらった5月21日に手術を受け、右乳房を全切除することになるのですが、5月13日から仕事は休み、手術日までの約1週間で、最初のクリニックに加えてさらに5人の医師に話を聞きに行きました。

対応してくださったのは、会社の上司や先輩のほか、友人知人に紹介してもらった医師などさまざま。わたしががんになったと伝えたところ、みんなあっという間にそれぞれのお勧めの先生にアポを取ってくれて、「紹介してもらったからには、行かなければ」とすべての病院を回りきりました。

診察室ではいつも、まるで取材をしているような感覚でした。報道記者として取材対象者に食らいつくのと同じように、「別の選択肢についてはどう思われますか？」「その選択をした場合のデータはありますか？」などと、納得できるまでどんどん掘り下げて質問しました。厳しい現実をつきつけられて頭が真っ白になる瞬間もたびたびあったので、後で冷静な判断ができるように家族に付き添ってもらい、メモを取り、ICレコーダーで録音もしました。

セカンドオピニオンを通じて、病院や医師によって、提示される治療が異なったり、医師の性格が自分に「合う」「合わない」があったりするのだということが、よくわかりました。さらに言えば、一般的に評価されている病院や医師の中でさえも医療格差があることがわかったし、医師の伝え方ひとつで患者側がどう感じるのかが全く変わってくることもわかりました。

手術が先か、抗がん剤が先かという選択は、どちらにしても生存率は変わらないというデータに基づいて判断はまちまち。眉間にしわを寄せて開口一番「正直厳しいですね」「2年後があるかどうか……」などと言われたときには、それだけでその後の話が耳に入ってこなくなってしまい、事実を知りたいと望みながらも、実際はできるだけ前向きな説明をしてくれる医師じゃないとわたしの心は耐えられないだろうということがわかりました。メディアによく出ているある有名な医師を訪ねたら、わたしのデータを見た瞬間に若い医師を呼んで交代したまま診察室に戻ってこず、不信感を持ったこともありました。後日、その医師を紹介してくれた先輩から「実は、『うちでは治る見込みのある人しか診られない』と連絡してきて、憤慨したよ」と聞いて、悲しくなりました。

いろいろな病院があり、医師がいて、それぞれの方針がある。それをとことん理解し、納得した上で吉本先生にお願いすることに決めました。

今は、当時に比べれば、セカンドオピニオンは普及しているし、病院や医師を選んで治療する人も増えていますが、それでも「最初の医師にほかの選択肢も検討したいと言い出しづらい」という相談をよく受けます。でも、一刻も早く治療に取りかからなくてはならない緊急の場合を除いては、命にかかわるような大切な選択をする上で、遠慮している場合ではないと思います。

たとえば、こう想像してみてください。お店で洋服を試着してみたけれど、どうもしっくりこない。そんなときに、「断れないから、ここで買わなくては」と買いますか？「これだ！」と思うものが見つかるまで、買わなくていいんです。

洋服一枚だってそうなのに、その選択に自分の人生、そして命がかかっているとしたら？「先生に失礼」なんて迷っている場合ではないし、迷いながら治療を始め、とりかえしがつかなくなってから後悔することになっては、誰にとってもいいことがありません。

そもそも、セカンドオピニオンを受けたいと言ったときに「俺を信用できないのか！」などと機嫌が悪くなる医師は、本当に自分のことを考えてくれているといえるのでしょうか。医師も、万能な神様ではなく、人間です。治療中も、ひと通り治療が終わっても、とても長い付き合いになることが多いため、本音で相談し、二人三脚で歩んでいける関係を築くことがいかに大切か痛感しています。

「標準治療」とは、「普通」ではなく「最善」の治療のこと

セカンドオピニオンを受けながら、わたしは自分のがんに関する治療法について、インターネットで検索して調べました。どの先生も右乳房を切除すべきと診断する中、本当にほかの方法はないのか、わたしの症状に合う方法が別にあるのではないかと、あきらめきれなかったのです。しかし、玉石混交の情報の中でどれが有益なのか、当時のわたしには見分けがつかず、逆に不安ばかりが募りました。

たとえば、「乳がん」「治療」などで検索すると、「奇跡の治療」「絶対治る!」などとうたった療法がたくさん出てきました。それは医療行為らしく見えるものから、粉末やジュースなどの商品、ブレスレットや宗教までさまざま。病院では、治療法の差はあれど、どの医師も「標準治療」を勧めてきていたのでなんとなくその中から選ぶ

のがいいという思いを持っていたのですが、どうして「標準」がいいのか理論的にはわかっていなかったわたしは、「私はこれで完治しました」という体験談を読んだりすると、それが「標準」を超えた「特別」なものに見えて、不穏な怪しさを感じつつも「試してみたほうがいいのかな……」と心が揺れ動いてしまうこともありました。

個人の闘病ブログもいくつもヒットしましたが、乳がんでも自分と全く同じタイプなのかどうかもわからないまま自分を重ねて感情移入してしまい、途中で更新が止まっていたり、ご家族から「今まで応援ありがとうございました」などと書かれていたりするのを見ると眠れないほど不安になってしまい、インターネット自体を封印しました。

このように、当時はインターネットをうまく使いこなせずに、直接お会いした医師の話のみを信じて判断していったのですが、基本的な知識、特に「標準治療」についての知識をもう少し持っていたら、上手にインターネットも活用できたのにと思っています。

がんの治療法は、大きく分けて、手術、薬物療法（抗がん剤治療）、放射線治療があります。

そして、大切なのは、「標準治療」とは、科学的な根拠に基づいた現時点での「最善の治療」だ、ということです。

「標準治療」は、英語の「Standard therapy」を日本語訳したもの。日本語の「標準」という言葉の印象から、「普通の治療」「並の治療」のように聞こえて、わたしが思ったようにもっと「特別な治療」があるように感じる方もいると思います。でも、そうではなく、基礎研究と臨床試験を経て、最良の効果を生むことが証明された治療のことなのです。

一方で、医療において、「最先端治療」「最新治療」と呼ばれるものが最も優れているとは限りません。最先端の治療は、まだ実験的な治療で確立されたものではなく、科学的に標準治療より優れていることが証明されれば、その治療が新たな標準治療となります。「治療効果があるかもしれない」という治療は山ほどあり、基礎実験から標準治療になるまでの試験をクリアできる確率はなんと1万分の1と言われているほど、標準治療は修羅場をくぐり抜けた治療なのです。

そして、標準治療は医療の進歩とともに更新され、各学会などが最新の標準治療の指針をまとめた診療ガイドラインを設けています。医療関係者でなくても情報は手に入り、日本医療機能評価機構の医療情報サービス「Ｍｉｎｄｓ（マインズ）」や国立がん研究センターの「がん情報サービス」というページで検索するのがお勧めです。

また、日本は国民皆保険で、最善の治療であると判断された標準治療は公的保険が適用されます。保険が適用されない医療はたとえ最先端だとしても、標準治療を超えられるかはわからないのです。

わざわざセカンドオピニオンにいくほどではないと思われる方や、地方でほかに通える病院がないという方もいると思います。そういう場合、自分が示されている治療法が最新の標準治療であるかどうか、保険が適用されるかを確認し、そうでない場合は理由をきちんと聞いた上で判断するだけでも大分安心できると思います。標準治療の中にもいろいろあり、医師によって多少の差はあるかもしれませんが、少なくとも大きく外れることはないはずです。

治療だけでなくどんなことも、基礎を知った上で行動したり選択したりするのと、なにも知らないでするのとでは、どちらがより適切な判断ができる確率が高いかは、言うまでもありません。

セカンドオピニオンである程度の知識を得られたわたしでも、その後の抗がん剤治療中に参加したイベントで、今ならどう考えても怪しいとわかる療法を勧められ、揺らぎそうになったことがありました。だからこそ、最初の段階で標準治療とはなにか、がん治療の基礎を知っておけたらどれだけよかったかとなおさら思います。

ちなみに、この期間にさまざまな病院を巡ったおかげでその後につながる多くの知識が得られ、課題が見えたものの、一人の患者としてはわたしのように7カ所も回る

「セブンスオピニオン」まで聞くのはやりすぎだと思います。状況によっては、治療を開始するまでの時間を不必要に延ばしてしまうリスクがあります。個人的には、心が決まった後もお忙しい先生方のお時間をいただいてしまい申し訳なく、家族や自分にとっても負担が大きかったと反省しています。

もし当時、前述のことを心得ていれば、それだけでここまで遠回りしなくても同じ結論にたどり着けたのではないかとも思っています。また、今振り返ると「せっかくお勧めいただいたから、行かないと」とすべての病院を回りきりましたが、必要のないご好意は断る勇気も必要だったと思います。

とにかく命にかかわるような大切な選択をするときは、どんな遠慮もいらないと思っています。

医療の「情報」と「選択」は、命に影響する

セカンドオピニオンに回っている最中に、わたしのがんの顔つきがわかりました。それは、ホルモン受容体もＨＥＲ２（ハーツー）も、陽性というものでした。

吉本先生は、ＨＥＲ２について説明をしてくれました。その因子は乳がん患者の２割ほどが持つもので、従来は乳がんの中でも治りにくい、タチが悪いがんと言われているとのこと。

「でも、すごくラッキーなことがあるから、気を落とさないでください。鈴木さんのタイプのがんが数カ月前に見つかっていたら正直厳しかったかもしれないけれど、大逆転できる可能性のある薬が保険で使えるようになったばかりなんだよ」

先生によると、ＨＥＲ２に直接効くトラスツズマブ（商品名：ハーセプチン）という分子標的薬が開発され、大きな効果が出始めているとのこと。そして、日本では、たった3カ月ほど前にわたしのような患者が手術を受けたあとにその薬を投与できるように承認され、保険適用されたばかりだというのです。目の前に、一筋の光が見えた気がしました。

でも、セカンドオピニオンに回っている中で、このトラスツズマブについてすべての病院で説明されたかというと、そうではありませんでした。

医療はものすごいスピードで進化しています。わたしと同じＨＥＲ２陽性タイプの乳がん患者の予後を大幅に改善し、今では欠かせない存在となっているトラスツズマブを、もし当時投与していなかったら、わたしは今いなかった可能性が高い。そして、わたしの治療後、トラスツズマブは手術前の投与も保険適用でできるようになり、もしわたしが手術前に使えていたら、がんがなくなって右乳房の全切除手術を免れていたかもしれないと、その効果を聞くたびに思ったりもします。

少し前には治療が難しかった病気が、薬ひとつ開発されたことで大逆転するようなことは、今でも起き続けています。新しい薬が承認されるためには、臨床試験（治験）で安全性と有効性が認められることが必要です。現在保険で使えるどんな薬も必ずこの過程を通っていることを忘れてはいけません。わたしがトラスツズマブを保険で使えたのも、日々研究に携わってくださっている方々、治験に参加してくださった方々がいるからこそ。この薬については、アメリカで承認されるまでの物語が『Living Proof（邦題：希望のちから）』という映画になっているのですが、その過程がよくわかり、感謝の気持ちでいっぱいになります。

けれど、日々新しく開発され、承認されていくすべての治療法を、すべての病院が上手に導入できているかというと、そうではないのが現状です。数年前の知識で診断し、治療しているケースも残念ながらあります。それは必ずしも医師のせいではなく、置かれている環境や専門性、忙しさなどによることも多いと思います。

ちなみに、最初にセカンドオピニオンに伺った医師に、術後2年ほど経ってご挨拶に伺ったことがあります。そのときにこう言われて、心底震えました。

「2年後に君が元気に社会復帰している姿を、あのときは想像できなかった。うちで治療をすることになったら全力を尽くそうとは思っていたけど、正直2年後は厳しいと思っていたから。本当にいい選択をしたね」

がんになるまで、病気の治療は医療のプロである医師にすべてお任せすればいいものだと思っていました。でも、医療は情報戦。不確実性があり日々進歩していく医療の「情報」と「選択」が、命の長さや人生の質に影響してしまうのだと身をもって知った出来事でした。

決断するときには「納得感」を優先する

いくつもの病院に話を聞きに行きながら、どうして吉本先生に決めたのか。もちろんトラスツズマブの投与を勧めてくれたことも大きいのですが、わたしにとってゆるぎない、忘れられないエピソードがあります。

吉本先生とはじめてお会いした診察の日、わたしは「あと何カ月生きられるのか、はっきり教えてほしい」と聞きました。あとわずかしかないのであれば、それを覚悟した生き方をしたい。だから正直に教えてほしいと号泣しながらお願いしたのです。

すると、吉本先生は「ちょっと待っていてね」と診察室の奥に駆け込み、すぐに大きなパネルを抱えて戻ってきて「鈴木さん、これを見て」と。そのパネルは、お母さんが赤ちゃんを抱っこしている写真がたくさん貼られたコルクボードでした。みんなとても幸せそうな笑顔で、吉本先生が一緒に写っているものもありました。

そして、吉本先生は、笑顔でこう続けました。

「このお母さんたちは全員、僕が診た、若くして乳がんになった患者さんたち。治療して、結婚もして、赤ちゃんを授かっているんだよ。僕は、患者さんに赤ちゃんが産まれたときに一緒に来てもらって、写真を撮るのが好きなんだ。だから鈴木さんも、『がんでいつ死ぬんですか』なんて言わないで。きちんと治療して、結婚をして、子どもを産んで、会いに来てよね。がんになったからって幸せになることをあきらめなくていいんだよ。そして、それまで一緒に寄り添うのが主治医なんだから」

がんを告知されたときも、乳房の全切除を提案されたときも相当泣きましたが、この言葉に嗚咽(おえつ)が止まりませんでした。ここまで声をあげて泣いたのは、後にも先にもこのとき以上にはありません。

当時はまだ、がんになった後の妊娠についてほとんど語られていなかった時代。セカンドオピニオンで「子どもを産むのをあきらめたくないのですが……」と言うと、「残念ながら厳しいと思ったほうがいい」「がんになった時点で子どものことを考えるのはお勧めしない」などと言われたり、「そんなことよりも、まずは生きることが優先」と受け流されたりすることが多く、吉本先生のように妊娠の可能性までを視野に話してくださる方はほかにいませんでした。わたしがするべき治療を提案してくれたということはもちろんですが、治療後の人生まで考えてくれたということが、吉本先生にお願いする大きな決め手となりました。

それから10年が経ち、今はようやく「乳がんと妊孕性（にんようせい）」のガイドラインもでき、がん治療後の妊娠・出産について相談できる病院や窓口も増えつつあります。治療後に当時は知らなかった素晴らしい医師に何人も出会いました。今から振り返っても、あのとき自分なりの明確な基準を持って納得して先生にお願いすると決めたことは本当によかったと思っています。

人は皆、いつか必ず亡くなります。大切なのは、それまでをいかに納得して生きるか。あのときこうしておけばよかった、あの治療をしていたら違ったかもしれないのに……と後悔しながら人生を終えるのは、自分にとっても、家族にとっても、周りの人にとっても、悲しいこと。だからこそ、基礎を知り、情報を集め、選択肢を持った上で、納得のいく道を選ぶ。「納得感」は、がんや病気のときだけでなく、仕事やプライベートなどでも大切な局面ほどこだわるべきことだと、わたしは思っています。

吉本先生にお願いすると決断した日に書いた日記を、ご紹介します。

5月19日　23:03

やっぱり明日三田病院に入院して、明後日乳房切除手術を受けることに決めた。命をかけた大決断。半分胸がなくなるなんて、覚悟をしたといったって怖くて怖くて仕方がないけど、なにより命が大切だから。

今日までどこかで温存できるかもしれないって思ってたところがあったんだなと今になってはじめてわかる。

抗がん剤をやればわたしに限って治っちゃうなんてことがあるんじゃないかとか、最先端医療をその間に探し出せば……とか。

でも、今日話を聞いていて、わたしの2つのがんの間の乳管にもがん細胞がつまっていると考えたら、どんなに小さくても、ぽつぽつ残っているすべてを取らないとって思ったから、それなら先延ばしにするより、先に悪いものを取っちゃったほうがいいと思った。抗がん剤を先にやることで、手術の後にやるよりも抗がん剤の効果がわかりやすいということだけど、手術を先にして、効果がわかりにくかったとしても抗がん剤をちゃんとやる。

決断したら、その連絡をすべき人、したい人がすごく多くてまだ連絡し終えていない。それだけたくさんの人に今まで手を貸してもらって助けてもらってきたってこと。今すごく納得できていて、同じ結論でもそのプロセスは大切だったと思うから、感謝しかない。

明後日この右胸とお別れすると思うと悲しくて切なくて壊れちゃいそうに苦しくて息をしているだけで涙がこらえきれなくなるけど、右胸がなくなってもわたしはわたしで変わらない。

もう決めたんだからあとは前を見て前へ前へ進むのみ。

切除が早すぎたんじゃないかとか温存の可能性があったんじゃないかって言う人がこれから出てくるかもしれないけど、わたしは今できる治療の中から一番確実に命を守れると思う方法を選択します。

だから後ろは振り返らない。後悔もしない。

とにかく前を向いて。あると考えるのが前提だとないのが悲しいけど、ないと考えたらないのは普通じゃん！　……って、おかしい!?

ないことからのスタートを頑張ればいい。

わたしはなにがあっても絶対幸せに生きていけるから。

思わぬところで努力が報われることもある

主治医として今も人生にずっと寄り添い続けてくれている吉本先生。実はわたしが心から慕い、尊敬する方が紹介してくださった先生でした。

がんを告知された5月2日、わたしは母と彼、上司だけでなく、当時宮内庁の皇室医務主管で、日本学術会議の会長も務められていた金沢一郎先生にも、がんの報告をしていました。

「皇室医務主管」とは、皇族の方々の体調管理や、体調を崩されたときの主治医、治療方針などを決める統括的な役割を担う方。皇族の方々と非常に近しい存在であり、記者になって最初に担当したのが皇室だったわたしにとって、はじめて夜回りした取材相手です。

金沢先生は、右も左もわからなかったわたしにいろいろなことを教えてくださった「恩師」のような方。広い医療の世界の中でもとても権威のある存在であり、わたしのような新米記者がなかなか気軽に話せるような方ではありません。夜回りのために先生のご自宅前で待っていたわたしに、最初は「君に話せることはなにもないよ」と目を合わせることもなくドアを閉められてしまう日が続きましたが、それでも通い続けると、半ば呆れられながらも足を止めてくださるようになりました。

「遠い存在」だと思っていた先生ですが、少しずつ認めてくれ、「今日も来ているのかぁ！」と驚きながらも、玄関先で雑談を交えながらいろいろな話をしてくださるようになりました。その日の皇族の方々のご様子や、オフレコのエピソードなどもたくさん伺い、皇室がぐんと身近に感じられるようになったのは先生のおかげです。

そしてなにより、先生が語る人の持つ生命力や医療の可能性のお話には、いつもワクワクさせられました。ご自宅の前で疲れ果てて立ったまま寝てしまっていたわたしを、「おーい。僕の帰宅に気づかなかったら、朝まで待つことになっちゃうよ」と起こしてくださったこともありました。先生のお話とお人柄に惹かれ、たった数分から数十分お話を伺うために何時間も待たなくてはならない夜回りも苦にならなくて、週の半分くらい先生のところに通っていました。

そして……その日もいつものようにご自宅を訪問し、「明日からわたし、来られなくなります」とお伝えしました。事情を理解した金沢先生は「こんなところに来ている場合じゃないだろう！」と慌てつつもはじめてご自宅の中に招き入れてくれてわたしの話をじっくり聞いてくださり、「なにかあったらいつでも連絡してきて」と携帯電話の番号を教えてくださいました。記者として「教えてほしい」とお願いしたときには上手にかわされ続けていたのに。

そして後日、金沢先生から、わたしが会社から紹介された病院の乳腺センターでセンター長をしていた吉本先生に連絡を入れてくださったのです。「僕は乳がんには詳しくないから、周りに聞いて回ったら、その病院にいい医師がいたよ」と。

そうして5月8日、病院に行くと「僕が鈴木さんの担当をします」と吉本先生が出てきてくださったのです。金沢先生のおかげで吉本先生と出会えたことで、わたしの人生は変わりました。

もし宮内庁の担当でなければ、そして金沢先生に出会わなければ……もしかしたらわたしは今、生きていないかもしれません。雨の日も風の日も、寒い日も暑い日も、休むことなく夜回りし続けた経験が、思わぬ場面でわたしを助けてくれました。

目の前の「やるべきこと」にとにかく全力で取り組んでいれば、それを見てくれている人は必ずいる。そして、思わぬ場面で力になってくれることがある。金沢先生は、2016年、74歳ですい臓がんのためご逝去されたのですが、わたしが仕事に復帰した後もずっと気にかけてくださり、学会などで吉本先生に会うたびに「鈴木さんのこと、ありがとう。これからもよろしくお願いしますね」と話してくださっていたそうです。

今でも楽しかった夜回りでのやりとりや闘病中に相談に乗っていただいたときの電話での優しい声を思い出し、生きていく上で大切なことをたくさん教えていただいたことに、心から感謝しています。

「記録」はやがて力になる

もう一人、がんになったことを伝えた大切な人がいます。会社の先輩の今村忠さんです。忠さんは、5月8日の通院にわざわざ代休を取ってついてきてくれ、その日から映像での記録を始めてくれました。

忠さんは、入社して最初にADとして配属された夕方のニュース番組で、ディレクターを務めていました。実は、内定時代に「NNNドキュメント」という深夜のドキュメンタリー番組で放送された内容に感銘を受け、「こういう番組をつくりたい！」と思い、番組のエンドロールで流れた名前を書き留めていたのですが、それが忠さんを知ったきっかけでした。

そのドキュメンタリー番組は、難病の子どもを通じて、海外では使える薬が日本では使えないという「ドラッグラグ」の問題に切り込んだもの。入社1年目に配属になった夕方のニュース番組のディレクター陣の中に忠さんを見つけるやいなや、「わたしもあんな番組がつくりたいんです！」と興奮して話しかけていました。

それがご縁で、続編の番組企画の取材にADとして同行させていただけることになりました。「ドラッグラグ」の問題に共感して協力してくださったミュージシャンなどとともにシリーズで取り上げムーブメントが起きたことで、徐々に社会の認知も問題意識も高まり、放映から約1年後には、番組で取り上げた薬が日本で承認されるまでに。その過程を間近で見せてもらい、メディアの力を感じるとともに、忠さんの取材相手への接し方や表現の仕方など、多くを学ばせてもらいました。

そんな忠さんに、病気のことを打ち明けたのはがんを告知された翌々日のこと。すると、忠さんから「闘病の様子を、映像に残しておくか？」と提案されたのです。「闘病中は、自分では覚えていなかったり、思い出せなくなったりすることも、たくさんあると思うから」と。

「美穂が死ぬと思っていたら、映像なんて撮らないよ。でも、美穂は絶対に復活するから、そのときに映像を撮っておけばよかったってなると思うんだ。思い出したいときに見返すだけでもいいし、元気になったらきっと同じような人たちを励ますために講演とかするようになる気がして、そんなときに一部を流してもいいし。復帰してドキュメンタリーをつくることだってできるかもしれない。撮っておかないと、二度と再現はできないから、とりあえず撮っておいて、後でその素材をどうするかはそのときの美穂の判断で決めたらいいよ」

きっと美穂は、闘病していた過去があったなんて想像もできないぐらいピンピンして、笑って講演してそうだからさあ。そんなときに映像があれば、事実だってわかってもらえるじゃない？　いつか美穂が結婚するときには、旦那になる人に「この娘も家族もこれだけ大変な経験をして乗り越えてきたんだぞ」と見てもらいたいし、結婚式で流そうぜ。……この忠さんの言葉に、どれほど救われたか、計り知れません。

いくら打ち消そうとしても、「わたしの人生、もう終わりかも」という不安はどうしてもぬぐえない。その一方で、「これからする経験は、活かすためにするんだ」という願いに似た思いに賭けたい気持ちがありました。これだけの経験を乗り越えられたら、きっと同じように苦しい思いをする人たちの役に立てるようになる。そうだそうだ、いつかネタにできるように与えられた役割なんだから、受けて立とうじゃないの！　そう思うことが当時のわたしにとって精一杯の強がり。そして、想像以上にがんと向き合う原動力になりました。

この忠さんの言葉を機に、診察中にもメモを取るようになりました。「記者の顔になっているよ！」と言われるほど真剣に、納得のいくまで質問し、メモを取り続けました。忠さんが映像を残してくださるならば、わたしは記者として情報を残したいと思ったのです。

渦中にいると、先生に大事なことを言われているのに聞き流してしまい、なかなか正確に頭の中に留めておけないものです。だからこそ、「ステージ」「生存率」なんていう、インパクトの大きい言葉だけが記憶に残ってしまい、不安に押しつぶされそうになってしまう。メモを取ると、誰かにアドバイスを求めるときの情報源になるし、客観的になれて冷静さを取り戻せるという効果もあります。それに、いつか活かせるときが来るかもしれません。「記録」とは、しているときには自らを奮い立たせ、後になって助けになり、そのときどきによって形を変えて力になってくれるものなのだと思っています。

そして……忠さんは、検査の日、その結果が出る日、手術の日、はじめての抗がん剤投与の日と、大きなタイミングのたびに休みを取り、家庭用のビデオカメラを回し続けてくれました。こうして始まった記録は、わたしにとっても、家族にとっても、生きる希望になりました。

はじめて忠さんが映像の記録を始めてくれた日の夜には、こんな日記を書いていました。記録をすることで、「いつか必ず、この闘病を活かせるときが来る」と信じることで、大分救われていたのだと思います。

5月9日 1：00

今日のPETは怖かった。注射してから安静にしていなきゃいけない間一人でいなきゃいけないし、検査中ももちろん一人だから考える時間がとにかくありすぎる。

（中略）

今日から忠さんが撮影を始めてくれた。忠さんの存在、すごく心強かった。ママも随分励まされていた。本当に感謝。撮ったものがどうなるかわからないけど、絶対にプラスになる。欲を言えば、本当にオンエアになって、そのときにはわたしは元気に復活していて、乳がんだって、やりたいこと全部できるんだよって、ほかの人たちを励ますことのできるドキュメントだったら最高。そんなのができたら、わたしが乳がんになった甲斐があると思うから。そんなに世の中甘くないかな？　でも、それは今のひとつの夢。夢くらい見ていてもバチはあたらないよね。

失ったものを憂うより、あるものを大切に

複数のセカンドオピニオンを経て、さまざまな情報を収集した結果、納得して決断した右乳房の全切除手術。選択までの過程では仕事のように臨み、忙しくもあったので、不思議と充実感もあって、手術を受けるころにはとても前向きな気持ちになっていました。納得のいく方法を選んだんだから、後は身を任せるしかない！　と。

でも、手術前夜はさすがに心細くなりました。生まれてはじめて受ける手術が、がんの手術で、しかも体の一部を失うというもの。「麻酔からずっと醒めなかったらどうしよう。間違って出血多量で死んでしまったらどうしよう」と不安でたまらなくなったのです。

「二度と家族に会えないかも……」という思いから、手術前夜に家族一人ひとりに感謝の手紙を書きました。自分では納得し、前向きになったつもりでしたが、やはりものすごく緊張していたみたいです。

そして、いよいよ手術のとき。手術着を着てストレッチャーに横になったらあっという間に重病人のような気持ちになり、手術室に運ばれる間に家族一人ひとりに手紙を渡しながら、こみ上げてくる涙を抑えきれませんでした。「大丈夫だから、大丈夫だから。行ってくるね」という家族への言葉を、自分自身にも言い聞かせながら、手術室に入りました。手術室では煌々と光る天井の照明が印象的で、麻酔であっという間に眠るまでの束の間、「ああ、ドラマで見たことある光景だなあ」と思ったのを覚えています。

手術自体は、順調に終わったそうです。時間にして、3時間程度。手術中にリンパ節への転移を調べる「センチネルリンパ節生検」をしたところ、複数の転移が見つかったため、右胸と同時にリンパ節も取ったということでした。

手術後、目覚めるとそこには家族や彼がいました。「美穂、美穂」と優しく呼びかけてくれる声とあたたかい手のぬくもりを感じて最初に思ったのは、「わたし、生きている……」ということでした。

体は重く、まだ右腕を動かすことはできません。そして、右だけふくらみのなくなった胸をおそるおそるパジャマの上から触ると、硬くて背中のようだったけれど、とにかく無事に手術を終え、生きて戻ってくることができたことに安心して、うれしくて、感謝の気持ちでいっぱいでした。

わたしは生きている。こんなにも愛する人たちのいる世界に、生きている。失ったものではなく、あるものを見よう。右胸はなくなったかもしれないけれど、左胸がある。いろいろなことを見られる目もあるし、感じられる心もある。生かしていただいて、本当にありがとうございます。

手術の夜は、そんなふうにとにかく謙虚で前向きなわたしがいて、夢見心地で眠りにつきました。

でも、心からそう思えたのは一瞬でした。翌朝痛みで目を覚まし、すぐに右胸のあった場所を確かめると、あっという間に現実と喪失感が襲ってきました。それからしばらくの間、ぺたんこになった右半身を触ったり直視したりすることは、できませんでした。

そして数日後、まだ残る鈍痛の中で体中ぐるぐる巻きだった包帯を外し、病院のシャワー室でおそるおそる手術跡を見てみたときには、変わり果てた体に気を失いそうになりました。

右胸があったはずの場所を斜めに横断する手術跡は、わたしの心の傷そのものを表しているようでした。両親からもらった、傷のなかったきれいな体に戻ることはもう二度とできない。一生この体で生きていかなくてはならないんだ。そう思うと悲しくて申し訳なくて、やりきれない気持ちで、すぐに蛇口を思いっきりひねって、シャワーのザーザーという音の中で号泣しました。シャワーと涙で体がぼやけて見えなくなる中で、手術の夜の感謝の気持ちをなんとか思い出して、その喪失感を埋めようと、必死でした。

神様は乗り越えられない試練は与えない

右胸を失った喪失感にさえ耐えられるようになれば、あとはなんとか持ちこたえられる。手術を終えたことで一番の関門は突破できたと思っていたのですが、それは甘い勘違いでした。その後始まった抗がん剤の副作用は、容赦なくわたしを襲いました。

2種類の抗がん剤を、3カ月ずつ投与することになり、1つ目の抗がん剤は、3週間に1回の投与でした。

手術後16日目に投与したのは、FECという乳がん患者の登竜門のような真っ赤な抗がん剤。投与中、鼻の奥がツーンとして、いかにも強くて効きそうな感じでしたが、投与直後の感想は、これはいけそう！　というものでした。気持ち悪いというけれど、耐えられないほどではないし、髪の毛が抜けるというけれど、軽く引っ張ってみても抜けません。「いろいろ言われているけれど、わたしは副作用が出にくい体質で、髪の毛もこのまま抜けずにいけるんじゃないか」なんて、希望的観測を持っていました。

でも、その数時間後には体中が吐き気に支配されるようになり、希望はあっさり覆されました。そして2週間ほどすると、髪の毛が抜け始めました。

常に船酔いしているみたいに気持ちが悪くて、体を起こすことすらできない。横になっていても気持ち悪い。副作用を抑える薬を飲んで、ただただベッドに横になり悶えていることしかできませんでした。

それまでは、気持ちはしっかりしていたし、前向きな気持ちでいることができました。病気にはなったけれど、自分は元気だとも思っていました。でも、強烈な吐き気に襲われ、髪を手ぐしでとかすだけでごっそりと抜けた毛がつくようになり、身体的にも精神的にもすっかり参ってしまい、心身ともに文字通り「病人」になっていきました。

なお、これは強く言っておきたいのですが、副作用の症状は薬との相性によっても、人によっても、大きく異なります。わたしのようにひどいケースもあれば、もっと軽いケースもありますし、今は治療の痛みやつらさを和らげる「支持療法」も「緩和ケア」も進んでいます。これからお話しするわたしの体験は２００８年のときの、あくまで一例であるとご理解ください。

わたしの場合、抗がん剤を投与したはじめの1週間もつらいのですが、2週目が吐き気のピーク。そして、3週目にようやく少し落ち着いてきたかな……と思ったころに、次の投与が回ってきます。この繰り返しに絶望しました。しかも、回数を重ねるたびにその副作用は重くなっていき、先が見えませんでした。副作用は、抗がん剤を投与している時期だけのもので、それが終われば快方に向かうものなのですが、永遠にこの苦しみから解放されない気がして、本当に、本当につらかった。

そのとき、心の中で繰り返し念じていたのが「神様は、乗り越えられない試練は与えない」という言葉。子どものころ母に言われ、わたしが大切にしている大好きな言葉です。

小学5年生の終わりに、父の突然の転勤でアメリカに引っ越すことになり、現地の小学校に編入しました。アルファベットに大文字と小文字があることすら知らなかったわたしは、果てしなく場違いなところに来てしまったと痛感。できることは、意味がわからない授業の時間が過ぎるのをただただ待つのみ。休み時間になると、日本の学校ではいつも友だちに囲まれていたのに、一転、みんなの輪の中に入っていくことすらできず、でもプライドが邪魔して一人でいるところを見られたくもない。母が現地のクラスメートと同じようにと毎日つくって持たせてくれた現地仕様のサンドイッチを、こっそり一人でトイレの個室にこもって涙をこらえながら食べていました。

そして夜は、大量に出された宿題のすべての文字を辞書でひき、日本語でやったものをもう一度辞書をひいて英語に戻すという時間。小学生のわたしなりに、異国での生活に慣れようと必死だったときに父はずっと横に座って付き合ってくれ、母は繰り返し言いました。

「神様は、乗り越えられない試練は与えないよ。美穂だから乗り越えられると思って美穂を選んだんだよ」

母に言われたこの言葉は子ども心にも響き、「もう逃げ出したい」と思うたびに思い出し、噛み締め、踏ん張ることができました。そして24歳でがんを告知されたときも、心の中にずっとあるこの言葉に勇気づけられました。

しかし抗がん剤の副作用のつらさは、あまりに大きな試練でした。押し潰されそうになるたびに心の中でこの言葉をつぶやき、歯を食いしばることしかできませんでした。試練を乗り越えて、いつか笑って闘病のことを話せるようになってやるんだ、と。

6月6日　18：42

今日2時過ぎ、はじめての抗がん剤を投与した。FEC－100。ファルモルビシンは真っ赤で注射4・5本分。強いぞー、効くぞーって感じだった。いかにも、な感じ。

点滴を打った場所が手の甲で、刺すとき痛かった。しかも刺した後ぐぐぐって
さらに中に入れるんだもん。ファルモルビシンが入ってくるときは冷たい感じ。
ひりひりしているような気がした。

投与直後は鼻がなんだかつんとして、ちょっとめまいがするような感じだった
けど、今はそれが倦怠感に変わった。ご飯もしっかり食べられたし、今のところ
全然大丈夫って思うけど、消灯後に副作用の症状が出てくる人が多いらしい。

ちょっとやっぱりダルイかも。
でもこの間にもがん細胞をやっつけてくれてるんだもんね。

がんばれー抗がん剤。がんばれー正常な細胞。
がん細胞よ、いなくなれー、完全消滅で!!

6月6日 23:57

もう今日2回吐いた。おう吐物とともに涙が出る。吐いた後、楽になったと思ったらまたすぐ頭痛と気持ち悪さが襲ってきてとにかくつらすぎる。テキーラ20杯くらい飲んだ（ことないけど）次の日の二日酔いか、船酔いになっているのにいつまでも船から降ろしてもらえないような状態。


わたしはいつ降りられるの？

きっとまたすぐ襲ってくる。

つらすぎて体の置き所がなくて、どうしていいかわからない。

どうやって時を過ごせばいいのか、どうやって眠りにつくのかさえ忘れちゃったみたい。

世界がどう見えるかは、すべて自分の解釈次第

抗がん剤治療が体に与える影響はさまざまありますが、わたしの場合は、吐き気や脱毛などといった副作用に加えて、「せん妄（もう）」状態にも陥りました。「せん妄」とは、脳が機能不全を起こすことによる意識障害のことで、錯覚、幻覚、妄想などを引き起こします。

どんな治療をするかも、副作用も人それぞれで、わたしの身に起こったことがそのままほかの闘病中の方々に当てはまるということはありません。繰り返しになりますが、今からお伝えすることは、あくまで２００８年当時に治療していたわたしのごく個人的な経験であることをご理解ください。

5月に手術が終わり、6月から3週間に1度の抗がん剤が始まると、投与のたびに吐き気や脱毛などの副作用がひどくなり、白血球の数値も上がりづらくなって、7月、8月あたりが心身ともに一番つらい時期でした。眠ったらもう二度とこの世に起きられない気がして、眠るのが怖くなりました。時計の針がチクタクと時を刻む音が自分の人生の終わりまでの時を刻んでいるように聞こえ、時計さえ近くに置けませんでした。

当時は退院し、南青山に新たにマンションを借りて住んでいたのですが（これが最後になるかもしれない……と一等地を選びました）、眠れない日々を過ごすうちに、起きていても頭がぼうっとして、よく高熱を出して入院しました。夢か現実かよくわからないような状態の中、何度も見た夢があります。それは、夢とは思えないほどリアルで、一連となった不思議な夢でした。

40度近い高熱を出したある日、わたしは、透き通った海の上を、なぜか歩いていました。すごく広いのに、3歩ほどスススッと歩くと、知らない島に着きました。すると、そこにわたしが中学生のときに亡くなった祖母がいて、笑顔でわたしを抱きしめて迎えてくれたのです。大好きだった祖母に会えたうれしさとともに、わたしはドキッとしました。

「ああ、いよいよお迎えが来て、わたしは死んでしまったのか。死ぬってこういうことだったんだ……」

こう夢の中で妙に納得した感覚を、今でも鮮明に思い出すことができます。

でも、島に上陸すると、なぜかそこに生きているはずの家族や、お見舞いに来てくれたばかりの友だち、また会いたいと思っていた旧友もいて、みんなでパーティーをしていました。

それはまるで、園遊会のよう。がんが発覚する前の月、皇室担当記者として取材に行った天皇・皇后両陛下主催のその会のことは「こんな華やかなパーティーがあるのだ」と強く印象に残っていて、それが夢の中で再現されているようでした。

そこでは、わたしはとても元気で、みんなと乾杯して、ワイワイ話して、笑って……とてもうれしくて、楽しくて。

「なるほど、これが天国……あの世にいくってことなんだ。あの世では、この世の会いたい人に時や場所を超えて会えるようになっているけど、あの世にいった人はこの世には戻ってこられないから、この世ではわからないようになっているのか！　死ぬって怖いことじゃないんだな」

おそらくこのときに見た夢は、自分自身が「24歳で死ぬかもしれない現実」をわたしなりに納得するためのものだったのではないかと思っています。

精神科医・エリザベス・キューブラー＝ロスが定義した「死にゆくプロセスの5段階」というものがあります。喪失から自分を取り戻していくまでの過程のことを指します。

第1段階は「否認」。自らの命が危機にあることを「なにかの間違いだ」と思うこと。

第2段階は「怒り」。「どうして自分がこんなことになるのか」と腹を立てること。

第3段階は「取引」。なにかを条件になんとか死を回避したり遅らせたりできないかと願うこと。

そして、やはりどうしても叶わないとわかると、第4段階の「絶望」の境地になり、絶望しきった先に第5段階の「受容」、つまりがんを受け入れる状態に至る……というものです。もしかすると、この段階でわたしはすでに「受容」の状態に入っていたのかもしれません。

あるときの夢では、いつものように海の上を数歩歩いてあの世にいきつくと、亡くなった元官房長官や、現役の大臣、同僚、大学時代の教授や友だちなどと車座になって、なぜか「平成の次の元号はなにがいいか」を話し合っていました。そしてあるときは、地球を俯瞰で見ながら、「あの人にはそろそろ試練を与えよう」と課題をぽんぽん生み出しては下界に投げているという会議に参加していて、「ああ、わたしもこうやってがんという試練を与えられたのか」と納得したこともありました。

夢を通して、「がん」というテーマひとつとっても、いろいろな役割があって、それぞれの試練・課題を与えられているのだと理解しました。わたしは、「がんになる」という試練を与えられ、私の家族や友人は「がんになった大切な人を支える」という課題、吉本先生をはじめ医療者の方々は「がんを治療する」という課題を、それぞれ与えられているのだと。そう考えるととても腑に落ちて、自分の立場を容認できる気がしました。

世界がどう見えるかは、すべて自分の解釈次第。人は、本当にいざというときには自分にとって都合のいいように解釈して救われるようにできているのかもしれない。そんなふうに、このときから思うようになりました。

どん底のときにも
そばにいてくれる人は一生もの

せん妄状態にあると診断されていたときの夢については、メモも残っているし、今も鮮明に思い出せるものが多いのですが、夢の舞台は不思議といつも、わたしが想像していた天国のような場所でした。そこで前述のようなさまざまなことが起きるのですが、どれも基本的には楽しかったり、納得させられたりするものばかりで、「死ぬのは怖いことではない」と思えるどころか、「もうこちらの世界に来たい」と思うほどでした。

なのに、目が覚めたらまた、昨日と変わらない現実が待っています。体中の毛という毛はなく、皮膚はくすみ、吐き気はするし、倦怠感でいっぱいで、先は見えない。心はもう、あの世に行く準備ができているのに、なぜわたしはここにいるんだろう？

そんな疑問が募っていきました。朦朧とした意識の中でマンションのベランダから飛び降りようとして、家族に止められたこともありました。

当時のわたしは、そんな心の悩みや不安、そして夢で見たことを吐露したかったのか、せん妄状態のままいろいろな人に電話をかけまくってしまっていたそうです。昔からの友だち、会社の上司など、話を聞いてくれそうな人に、昼夜問わず片っ端からかけては一方的に話し続けていたと聞いて、今でも想像するだけでぞっとします（途中で母に気づかれ、電話を取り上げられてしまったそうですが、それすらよく覚えていません）。

夢の中の話や妄想を、まるで現実のように話すから、そのころの家族はがんよりもわたしの精神状態を心配し、「もう二度と社会復帰はできないだろう」と思ったそうです。そんな状態なのですから、突然電話をかけられた側は大混乱です。「とうとう美穂は壊れてしまった」と思われても、無理はありません。実際、このころを境に離れていってしまった人もいました。

当時わたしは、「自分の命はもう長くなさそうだ」と勝手に思い込んでいたので、自宅で「お別れのホームパーティー」を開いたことがあります。「死が近いと思うからパーティーをしたいと思います」と、最後に会いたいと思った数十人にメールして……今考えても、とんでもない誘い方ですが。

でも、幼馴染や同級生、同僚や記者仲間などが、転勤先の地方からも忙しい仕事の合間をぬってわざわざ集まってくれました。このときのみんなの優しさにどれだけ励まされ、心に沁みたか、今でも切なさとともに思い出します。

うわごとのように非現実のことを語り続けるわたしに寄り添い、話を聞き続けてくれた人たちは、その後仕事に復帰し、記者やキャスター、そしてマギーズ東京の活動に奔走するわたしを今も見守り、応援し続けてくれています。一緒になって走ってくれている友人も多くいます。

「まさかのときの友こそ真の友」と言いますが、がんを経験したことで人間関係が整理され、純化されたような気がします。どん底にあるとき、最も冴えない自分を見せたときにもそばにいてくれる人こそ本物で一生もの。今でも、感謝してもしきれません。

暗闇でしか
見つけられないものもある

実は、「せん妄状態」だったときに得た、その後のわたしの原動力にもなっているひとつの大きな気づきがあります。

ある日、わたしはいつものように夢を見ていました。園遊会では、天皇皇后両陛下がお招きした各界の功労者にお声がけするシーンがありますが、わたしは夢の中で、園遊会のようなパーティーの場で、天皇皇后両陛下に代わる〝神様〟のような存在の方と話せる順番を待っていました。

わたしはどうしても〝神様〟に聞きたかったことがありました。それは、「なぜ、わたしはまだこの世、つまり現世にいるのか」ということ。あの世にいきたい気持ちでいっぱいなのに、目覚めるとまたいつもの闘病真っただ中の自分に戻っている。もう現世で生きるのはつらいから、戻してくれなくていいと伝えるつもりでした。

その〝神様〟のような存在の方の顔はどうしても思い出せないのですが、たくさんの人が、〝神様〟が自分のところに回ってくるのを待っていて、一人ずつ、話していました。

そして、とうとうわたしの番になり、思いのたけを伝えました。すると、こんな答えが返ってきたのです。

「ここは、現世で使命を果たした功労者が来るところであって、なんの使命も果たしていないうえに、単なる取材で来ているあなたが、ここにずっといられると思ってはいけません」

夢の中のことながら、うまくできすぎていて笑ってしまいますが、わたしには思い当たる節がありました。

実際に園遊会に取材に行ったときのことです。わたしのほかにもマスコミ各社から記者が取材に来ていましたが、なかにはまるで自分が呼ばれたかのような態度でいる人も少なくありませんでした。取材で知り合った著名人や政治家などと談笑し、並んでいるご馳走を平気な顔をして食べている人も見受けられました。

「ご招待されている各界の功労者と、いち記者として取材に来ている自分とは立場が全く違う。そこには見えない境界線があるのに、その場に来たということだけで勘違いするような記者にはならないようにしよう」と新米記者だったわたしは強く決意したのですが、その記憶が、夢に反映されたのかもしれません。

しかし、そのときの〝神様〟の言葉には、とても納得感がありました。「自分は取材したり、発信したりする立場にようやくなれたものの、まだなんの使命も果たしていない。がんになって苦しんでいるからこそ、同じように苦しむ人が減るような発信など、がんになったからこそできることをしていくことが自分の課題であり、与えられた役割ではないか？」と、実に都合よく解釈したのです。

がんを告知されて以降、自分を納得させ、奮い立たせながらも、「なんで自分だけが」という気持ちは少なからず心の奥底にありました。しかし夢の中の〝神様〟は、そんなわたしの気持ちを見透かして、「どれだけ同じ病で苦しんでいる人がいるのか、目を開けてしっかり見てみなさい。どうして記者になったのかも、思い出しなさい。がんに支配され、なぜ自分だけ……と被害妄想に囚われていてはいけない」と説いてくる。ああ本当にごめんなさい……あんなにああはならないようにしようと思っていたのに、わたしは天国に取材に来ただけなのに、天国に行けるものと思い上がって勘違いしていました……。そう反省して、謝るばかりでした。

不思議なことに、これ以降ぱったりと、この関連の夢を見なくなりました。今日こそ見たい、とどんなに願って想像しながら寝てみても、あの天国のような場所に二度と行けることはありませんでした。〝神様〟とお話しした夢を見たのは、ちょうど苦しかった1つ目の抗がん剤治療に区切りがついて、副作用からも脱することができたタイミングと重なっていたのですが、「しょせん夢のこと」と一笑に付すことのできない不思議な経験で、がんになったことに意味を見出せたことで救われる思いがしました。

夢に救いを求めるほど苦しかった日々。そんな中で「わたしががんになったのは死ぬためではなくて、今後どう生きていくべきか、お知らせしてくれるためだったんだ」と思えたことで、気持ちがすっと楽になりました。そして、暗闇の中でもがかなければきっと見つけることができなかった使命にも似た思いは、その後のわたしにとって欠かせない大きな原動力になっていきました。

つらいときには優しさに甘えたらいい

夢をきっかけに、一度は「自分には使命があるのだ」と奮い立つことができましたが、一方で再び「死の恐怖」を感じるようになりました。

こちらの世界でやるべきこと、やりたいことがたくさんある。でも、わたしの命はほかの人に比べて短いかもしれない、このままなにもできずに死んでしまうかもしれないという、鉛のように暗く重たい不安が常に心を支配していました。

それに、せん妄状態にあったときに、夢を見ては友人、知人に語りまくっていたという事実も、わたしを苦しめました。みんなわたしのことをおかしいと思っているのではないか、きっともう信用できないと思われているのではないかと怖くなり、せっかくせん妄状態を脱したのに「誰にも会いたくない、親しい友人に会うのも怖い」という状態に陥ってしまったのです。

せん妄状態から脱した2008年の9月ごろからその年の12月までの3カ月間くらいは、このように考えてはふさぎ込み、自分の殻に閉じこもってしまうという「うつ状態」が続きました。がん治療の状況的には、11月には職場復帰することもできたのですが、とてもそんな精神状態にはなれず、前に進めない日々でした。

今考えれば、夢を機に「生きたい」という思いがものすごく強くなったのだと思います。でも一方で、そんなに後がない気もしていました。治療が終わっても、今は見えないがんがまだ居座り、いつ顔を出すかわからない。生への思いが強くなればなるほど、不安が膨らんで、どんどん気持ちがふさいでしまいました。

そんなわたしを見るに見かねて、周りの人たちは気晴らしにいろいろなところに連れて行ってくれましたが、それでも心が晴れることはありませんでした。

付き合っていた彼に、大好きだった東京ディズニーランドに連れて行ってもらったのですが、その場にいるみんながあまりに幸せそうで、入場したとたんにつらくてその場にいられなくなってしまったほど。そんなわたしをそばで見ていた周囲の人たちは本当につらかっただろうと思います。

でも、家族や友人、そして当時の彼は、いつもわたしのそばで支えてくれました。抗がん剤が始まったときからこのころまでずっと、家族と彼、そして大学時代からの友だちの村松亜樹さんがローテーションを組んで、誰かが常にわたしの部屋にいて見守ってくれる状態を保ってくれていたのですが、精神的にも身体的にもつらかったと思います。でも、わたしの前ではいっさい泣き言を言わず、いつも笑顔で接してくれて、わたしが少しでも楽しめそうなことを次々と提案してくれました。

闘病のために借りた殺風景なマンションを明るい雰囲気にするために、「お部屋を模様替えしてみようよ」とＩＫＥＡに連れて行ってくれたり、「今日は神宮の花火大会らしいよ。すぐそこから見えると思うから、ちょっと外に出てみない？」と連れ出してくれたり。今でもそのときのことを、昨日のことのように鮮明に覚えています。

つらい時期でしたが、その優しさに甘えさせてもらって本当にありがたかったです。

心も体もつらくて、自分ではどうにもできないときは、無理をせず、強がらず、周りの好意にとことん甘える時期があってもいいと思います。本当につらいならば、つらいという気持ちに正直にいればいい。気持ちが沈み、せっかくの誘いを断ってふて寝していたこともありますが、これも本当につらいときには必要な甘えだったと思っています。もちろん、わたしのために良かれと思って誘ってくれているのに、悪いなという気持ちはありましたが、今となってはそれでよかったのだと思っています。

今思い返しても、特に家族には甘えっぱなしでした。母と妹は勤めていた会社を辞め、ずっと看病してくれました。そして、バンコクに単身赴任中だった父も、異動願いを出してわたしの手術前に半ば無理やり帰国し、ずっと付き添ってくれました。父は、海外マーケティング担当として世界を飛び回り、常に現場の最前線で働いていましたが、わたしのために長年のキャリアを捨て、本社のバックオフィス部門に異動。やりがいがあった仕事を手放すことになってしまい申し訳ない思いでしたが、大好きな家族がずっとそばにいてくれる安心感は何物にも代えがたく、どん底にいた私に生きる力を与えてくれました。

人は皆、支え合いながら生きています。つらいときには甘えさせてくれる人に甘えたらいい。そうして元気になれたら、その分、甘えてもらえるような存在になればいいんだと思います。

頑張れないときには、時が経つのを待つだけでいい

まだまだ体はつらく、職場復帰もできずにいたころ、母はずっと繰り返し、「今はただ時が経つのを待っていればいいのよ。永遠に同じ状況が続くことはないからね」と言ってくれていました。ありがたく受け止めながらも、内心は、二度と笑えない、前のような生活には戻れない、このつらい気持ちから二度と抜け出せないと思い続けていました。

そんな中、わたしにはじめての「がん友」ができました。友人の会社の先輩で、わたしより5歳年上の「めぐ姉」こと箕輪恵さんです。

ちょうど同じ時期に乳がんになり、手術をした人だと紹介してもらい、気持ちがわかり合えるもの同士、頻繁に会うようになっていました。

「会う」といっても、近所のカフェでお互いを慰め合いながら落ち込んでいた……という感じ。ただただ2人で、時が過ぎるのを待っているような感覚でした。

友人や同僚たちは、仕事にバリバリ取り組んでいたり、恋愛を謳歌していたり、結婚・出産を経験したりしているとき。街に出ても、デートするカップルや、ベビーカーを押すお母さんを見かけるだけで、まぶしすぎて、嫉妬してしまって、つらい。そんなときに2人で会って、なにをしていたわけでもありませんが、わたしたちこれからどうなるんだろう……という不安を共有できる相手がそばにいるだけで、心が少し軽くなるのを感じました。

そして徐々に、2人で行動してみるようにもなりました。同じ立場で、つらい気持ちを受け止めてくれる相手ができたことで、ようやく「少しずつでも社会との接点をつくるために動いてみよう」という気持ちになれたのです。

たとえば、がん患者とその家族が集まるイベントに参加してみたり、「少し体を動かしてみよう」とヨガに行ってみたり、少しずつではありますがカフェから一歩外に出る努力をしてみました。わたしがヨガの最中にカツラを落としてしまい、2人で「やっぱりつらいね」「ほかの人にはまだ会いたくないね」などと泣いたこともありましたが、同じ境遇の人にしかわからない悩みや不安、悲しみを共有できることが、こんなにありがたいとは。めぐ姉に会って、はじめて気づいたことでした。

どん底にいると、時間が経つのが遅くて仕方なく、このつらさが永遠に続くかのように思えて絶望しそうになりますが、めぐ姉と時を重ねるうちに、母が言うように「時薬（ときぐすり）」というものは存在すると思えるようになりました。

時薬とは、どんなにつらい状況も、時が解決してくれる、という考え。現状を変えたくてもがき、苦しんでも、解決できないことがある。もう頑張れないときは、なにも無理をする必要はない。ただ時が経つのを待つだけでいい――そう思っておくだけで、だいぶ楽になれるのではないかと思います。

一番つらい時期にそばにいて、一緒に時を過ごしてくれためぐ姉。心からありがとう。

自分なりの「心の拠り所」を持つと心強い

「見たいものだけ見る」ようにしていたころ、お守りのようにそばに置いていた本があります。『恵みのとき―病気になったら』（晴佐久昌英　詩・文／森雅之　絵／サンマーク出版）という、詩集です。

当時のわたしを支えてくれた詩を、ここでご紹介させてください。

病気になったら　どんどん泣こう

痛くて眠れないといって泣き
手術がこわいといって涙ぐみ
死にたくないよといって　めそめそしよう

恥も外聞もいらない
いつものやせ我慢や見えっぱりを捨て
かっこわるく涙をこぼそう

またとないチャンスをもらったのだ
自分の弱さをそのまま受け入れるチャンスを

病気になったら　おもいきり甘えよう

あれが食べたいといい
こうしてほしいと頼み
もうすこしそばにいてとお願いしよう

遠慮も気づかいもいらない

正直に　わがままに自分をさらけだし
赤ん坊のようにみんなに甘えよう

またとないチャンスをもらったのだ
思いやりと　まごころに触れるチャンスを

病気になったら　心ゆくまで感動しよう

食べられることがどれほどありがたいことか
歩けることがどんなにすばらしいことか
新しい朝を迎えるのがいかに尊いことか

忘れていた感謝のこころを取り戻し
この瞬間自分が存在している神秘
見過ごしていた当り前のことに感動しよう

またとないチャンスをもらったのだ
いのちの不思議を味わうチャンスを

病気になったら　すてきな友達をつくろう

同じ病を背負った仲間
日夜看病してくれる人
すぐに駆けつけてくれる友人たち

義理のことばも　儀礼の品もいらない
黙って手を握るだけですべてを分かち合える
あたたかい友達をつくろう

またとないチャンスをもらったのだ

神様がみんなを結ぶチャンスを

病気になったら　安心して祈ろう

天にむかって思いのすべてをぶちまけ
どうか助けてくださいと必死にすがり
深夜　ことばを失ってひざまずこう

この私を愛して生み　慈しんで育て
わが子として抱き上げるほほえみに
すべてをゆだねて手を合わせよう

またとないチャンスをもらったのだ
まことの親に出会えるチャンスを

そしていつか　病気が治っても治らなくても
みんなみんな　流した涙の分だけ優しくなり
甘えとわがままを受け入れて自由になり

感動と感謝によって大きくなり
友達に囲まれて豊かになり
天の親に抱きしめられて

自分は神の子だと知るだろう

病気になったら　またとないチャンス到来
病のときは恵みのとき

つらい抗がん剤治療中、何度も何度も、かみしめながら読み返しました。落ち込んだ自分をまるごと認めてもらったような感覚でした。その後も、つらいとき、悲しいとき、不安に思ったときに読み返しては、大丈夫、大丈夫……と自分に言い聞かせる。わたしにとっては精神安定剤のような一編でした。

こういう心の拠り所になるような言葉を見つけておくと、大きな癒しになります。つらいとき、そっと力をもらえます。

この詩のほか、お見舞いでいただいた世界の道や景色の写真集や世界地図も、何度となくページをめくりました。「世界にはこんなに素晴らしい場所があるのに、わたしはもう行くことができないんだ」と感傷に浸りながら開くと、その景色が気持ちに寄り添ってくれているように見え、癒されました。「やっぱり自分で世界を味わわないまま死ぬわけにはいかない。ここに行けるように、元気になろう！」と、明日なんて想像できなかったわたしに、明日への活力を与えてくれるときもありました。

本でも、漫画でも、曲でも、写真でもいい。手元でも、心の中でも、心の拠り所になるものを持っていると、いざというときに支えになってくれると思います。

「かちもない」情報に、注意する

めぐ姉という仲間に出会い、少しずつ前を向けるようになり、行動し始めたわたしでしたが、その過程で改めて大きな課題に直面しました。がんに関する情報がいかに玉石混交であるか、ということです。

セカンドオピニオンを回り、より良い治療法がないか探していたときにも気づいてはいましたが、「少し行動範囲を広げてみよう」とめぐ姉と参加したがん患者向けイベントで、「抗がん剤は毒。今すぐやめてこちらの治療をしたほうがいい」と怪しい療法を勧めてくる人がいたり、「がんに効く」とうたった健康食品のサンプルを渡されたりしたのです。どこから聞きつけたのか、実家にまで「がんが治る」という宗教の勧誘などが随分ときたそうです。とにかく、この社会には、がん患者の弱みにつけこんだビジネスが溢れ、甘い言葉で誘惑してくることを知りました。心底それを信じて勧めてくる方もいるので、とてもやっかいです。

自分が健康な状態で、精神的にも落ち着いていたらスルーできるものも、とにかく「生きたい、助かりたい」と思っているときに見たら……藁にもすがる思いで飛びついてしまう気持ちがよくわかります。わたし自身、イベントで「最先端」とうたった高額な民間療法をそのクリニックの院長に直接勧められたとき、「今受けている標準治療だけでいいのだろうか？　このような治療も考えたほうがいいのでは……？」と思ってしまい、吉本先生に相談したほどです（結果、「その治療法にエビデンス（科学的根拠）はない。今の治療に専念してほしい」と言われ、踏みとどまりました）。

記者の仕事は、玉石混交の情報の中から取捨選択して、取材で掘り下げ、正しい情報を発信すること。そんな立場にいるわたしですらこうなのですから、どんな基準で取捨選択したらいいのかわからぬまま、根拠のない療法を選んでしまっている方も多いのではないかと強い危機感を覚えました。

では、医療情報の信頼性はどのように見極めればいいのか。長年にわたり医療情報の見極め方について発信され続けている、日本医科大学武蔵小杉病院腫瘍内科教授の勝俣範之先生が提唱する「インチキの五カ条」がとても参考になります。次のうち、2つ以上の項目が当てはまったら、「インチキ医療」の可能性が高いので注意してほしい、というものです。

1. 保険がきかない自由診療であること
2. 「わたしはこれで治りました」などの患者の体験談が載っていること
3. 詳細な調査方法の掲載なく「○○%の患者に効果」などと書かれていること
4. 「副作用が少ない」「がんが消える」などと効果効能をうたっていること
5. 「最新免疫○○療法*」「○○免疫クリニック」と宣伝していること

また、聖路加国際大学が作成したヘルスリテラシー学習用の教材で「いなかもち」という方法が紹介されていました。

い：いつの情報か

↓古い情報ではないか

な：なんのためにその情報は発信されているのか

↓商業目的ではないか

か：書いた人はだれか

↓所属や経歴も信頼できる専門家によるものか

も：元ネタ（根拠）はなにか

↓引用文献はなにか、極端に少ない人数のデータや個人の体験談ではないか

ち：違う情報と比べたか

↓ほかの情報と違ってないか

「いなかもち」は並びかえると「かちもない」となります。この5つを確認しないと、その情報は価値もない。病気になったときに限らず、さまざまな健康情報が溢れる昨今、わたしもいつもここに立ち返って確認することにしています。

前述したように、「標準治療」という言葉は、「標準」という言葉の響きが紛らわしくて「普通」の治療だと誤解されることが多いですが、標準治療こそ、この5つが徹底的に検証された「最善」の治療なのです。そういう基本的な情報にも渦中にいるときになかなかたどり着けないことが多いのです。

もうひとつ、誤解されていることが多いと感じる言葉に「緩和ケア」があります。

皆さんは、「緩和ケア」と聞いて、どんなことを連想しますか？　もう治療ができなくなった方が、少しでも苦痛を和らげるために受けるもの、という印象がありませんか？　わたしもはじめはそう思っていました。

でも実は、「緩和ケア」はがんになったときから、誰でも受けられるものです。たとえ早期のがんであっても、精神的、肉体的苦痛は大きいもの。がんになると適応障害のような症状を発症したり、うつ状態になる人も少なくないと言われています。そういう方に向けて、心身の苦痛を緩和するという治療なのです。がんに関連する心のケアなどを専門とした「精神腫瘍科」というのもあります。でも、その事実をがん患者でも知らない人が多い。つらいときに通える外来もあるのに。わたしも治療中に知ることができたら……と思いました。

こんなにも大切な情報が普及しておらず、危ない情報が溢れているなんて、がんにならなければ気づきませんでした。日々進歩していく医療に追いつきながら、正しい情報を伝えていきたい。そんな目標が、芽生え始めました。

＊免疫療法

京都大学の本庶佑（ほんじょたすく）特別教授が２０１８年10月、免疫療法の一種であるオプジーボなどの「免疫チェックポイント阻害剤」の開発につながる発見と研究が認められ、ノーベル医学生理学賞を受賞したことで一躍脚光を浴びましたが、免疫療法が万能なわけではないと心得ておかなくてはなりません。現状ではオプジーボも特定のがんの種類の患者にしか効果は認められていません。また、細胞を使った免疫療法にいたっては、ほんの一部を除いては安全性と有効性が認められていません。それゆえに保険がきかないため高額になるにもかかわらず、その効果をうたった宣伝がインターネット上に溢れています。しかし、治療が優れているから高額だという理由ではないので注意が必要です。

ロールモデルの存在を力にする

２００９年1月、８カ月の長期休職から職場復帰しました。疾病休暇明けは、現場ではなく本社のバックオフィス部門に移るのが通例と聞いていたのですが、わたしの強い希望で記者として復帰させてもらうことができました。

そして「記者クラブに一人で詰めさせるのは不安だから」と、上司のはからいで本社の遊軍記者扱いに。遊軍であれば、上司の目の届く範囲でペース配分を考えながら記者を続けることができるという会社の配慮が本当にうれしかったです。

そんな職場復帰の少し前、仕事への意欲が徐々に高まり少しずつ目標が見え始めたころに、わたしにとって大きな意味を持つ出会いがありました。

曽我千春さん。彼女は、わたしより9年前に乳がんになった、乳がんの先輩です。フリーアナウンサーとして活躍しながら、ウエディングプロデュースの会社を起業し、バリバリ活躍しているさなか、33歳で乳がんが発覚。その後、離婚、再発を乗り越え、がん患者の生活をサポートするサロンをオープンしていました。

彼女のことを知ったのは、彼女が発行した本『乳がん　安心！　生活ＢＯＯＫ』を看護師さんに勧められたのがきっかけでした。曽我さんのサロンが発行元になって発売した本だったので、本屋に問い合わせてもどこにもない。そこで、サロンに予約をして訪ねました。

サロンには、がん治療で髪の毛が抜けたときのためのおしゃれな帽子やウィッグ、乳房を切除した人のための下着や水着などが並んでいました。そして、曽我さんご本人にお会いすることができ、ご自身の経験を、詳しく伺うことができました。

曽我さんの闘病は、壮絶でした。仕事もプライベートも順調、忙しいながらも充実した毎日を送っているときに乳がんが発覚。乳房温存手術と放射線治療を受けるも、術後のホルモン治療の副作用で更年期障害が出て、うつ状態に陥ってしまったとのこと。そんな彼女を「今の僕には支えることができない」と夫が家出し、離婚。時を同じくして実母が経営していた会社が倒産し、金銭上のトラブルから母とも疎遠に。

「とにかく生きていかなければ」と、副作用と闘いながらもニュースを読む仕事を再開したものの、家に帰れば一人きり。生きている意味を見出せず悶々としながら毎日を過ごしていたところ、手術から1年半後に再び同じ胸にしこりができて再手術。それでも一人ぼっちで病と闘い続けるしかなかった……と、当時のつらい経験を語ってくれました。

でも、そんな壮絶な経験を経て、「ようやく同じがん患者の方々のためになるサロンを立ち上げることができた」と笑顔で話す曽我さん。そんな彼女に、わたしは希望の光を見た気がしました。

彼女はもともと、北海道のテレビ局出身。そしてわたしと同じ乳がん経験者でステージもほぼ同じでした。自分と境遇が重なる部分が多い彼女が、手術から9年が経ち、再びいきいきと、笑顔で活躍している。その事実に勇気をもらい、「彼女を目標にしたい」と思いました。はじめての「ロールモデル」を見つけたのです。

もし、闘病中に、彼女のことを知っていたら、彼女が自分の経験をもとにして集めた商品が並んだこのサロンのことを知っていたら、さらに大きな勇気をもらえたし、心の支えになったのではないか。もう少しだけ楽に、がんと向き合えたのではないか。そう思いました。

同時に、ロールモデルの存在がいかに大きいかということを実感し、わたしもいつか、同じような境遇の「がんになった後輩」たちの役に立ち、希望になるような存在になれれば……という思いも芽生えました。

そこで考えたのが、フリーペーパーの発行です。曽我さんに出会って半年後、職場復帰した年の春に、乳がん患者に向けてお役立ち情報を集めたフリーペーパー「Ｐｒｅｓｅｎｔ」をつくって各病院に配りました。

フリーペーパー制作の知識も、出版の知識もなにもないので、めぐ姉や学生時代の友人たちを巻き込んで一から手づくり。「オシャレな入院グッズ特集」では、わたしが入院する前にパジャマを購入したアパレルショップに直接交渉に行き、商品をご協賛いただきました。「医療用ウィッグ特集」でも、吉本先生にご紹介いただいたり、パンフレットに書かれた番号に電話をかけたりして、ご協力いただける企業を探しました。そして、モデルは、すべてわたしの友人。撮影も、奮発してカメラを買って、自分たちで行いました。

「乳がん経験のある有名人のインタビューを載せよう！」とツテをたどってタレントさんにご登場いただいたり、テレビでのコメントによく癒されていた精神科の医師にがんのショックをどう乗り越えたらいいかインタビューに伺ったりと、著名人の方にもご協力いただけました。怖いもの知らずで「当たって砕けろ」の精神で臨んだためでしょうか。今考えたら、どこの何者かもわからないわたしたちに、よくご協力いただけたなと思います。もちろん、わたしのロールモデルである曽我さんにも取材をお願いして、インタビュー記事を掲載させていただきました。

当初は一から自費でつくるつもりでしたが、医療用ウィッグ特集にご協力いただいた企業や、がん患者も入れる保険を当時唯一販売し始めていた企業などに広告費をいただけることになり、印刷費に充てさせていただくことに。これにより3000部刷ることができ、都内の病院に配って乳がん患者の方にお渡しいただくことができました。

なかなか前を向くことができずにいたわたしでしたが、藁にもすがる気持ちで本を求め、発行元を訪ねて行ったことを機に、さらに一歩踏み出す原動力を得ることができました。

きっと、仲間はいる

曽我さんのような先輩、めぐ姉のような同士に救われた経験を経て、さらに仲間の輪を広げたいと思うようになりました。そしてその仲間は、「乳がん」という「がんの種類」ではなく、「若くしてがんを経験した人」という「年齢・世代」で分けて探し、同世代の仲間に「一人じゃない、仲間はいるよと伝えたい」と考えるようになりました。

仲間に出会うために、乳がん患者の集まりにはじめて参加してみたときのことです。集まりに行ってみると20代はわたしだけで、50代、60代の人ばかり。乳がんになるのはそのくらいの世代が多いので仕方がないのですが、まず「お母さんががんになったの？」と聞かれ、「いいえ、わたしです」と答えると、「若いのにかわいそうに」と言われ、気持ちが暗くなりました。

そしてさらに、こう言われたのです。

「結婚も出産もしていないのにね。わたしはもう結婚も出産も終えて、子どもも大きくなったから、まだ幸せなほうだと思わなくちゃね」

ご本人に悪気はないとは思うのですが、この言葉には深く傷ついてしまいました。その場はなんとか耐えましたが、一人になった瞬間に涙が出てきました。

こういう集まりには、基本的にはみんな少しでも心を軽くしたくて参加するのだと思いますが、ときに無意識に比べ合い、傷つけ合ってしまうこともあるのだと知りました。もちろん、そういうことがないように運営され、うまく機能している患者会などもたくさんあることを後に知りましたが、当時心が弱っていたわたしは、『まだ若いのにかわいそう』なんて言わない、同年代の仲間と会いたい」と強く思いました。

決して「どちらがつらい」という比較をするつもりはありませんが、同じがんの治療中であっても、わたしのような20代と、50代、60代では悩みや不安は大きく異なります。

若くてこれからというときに闘病しなければならないつらさ、結婚、出産など将来に対する不安、仕事で後れをとってしまっていることへの焦りなどは、同年代でないとなかなかわかり合えないこと。わたしは、同年代ならではの不安や悩みを共有し合いたいと思うようになったのです。

しかし、探してみても同世代のがん患者が集まっている会を見つけることはできませんでした。そこで、SNSのｍｉｘｉを活用することに。日記で若くしてがんになったことを公表している人を探したり、がん患者のコミュニティに登録してみたりしました。

そこで見つけたのが、松井基浩くんの書き込みです。

「僕たちがん患者には夢がある」。そう書かれていて、思わず目を見張りました。

松井くんはわたしの3歳年下の、当時23歳。医学部に通う大学5年生でした。

彼は高校1年生だった16歳のときに「悪性リンパ腫」と診断され、「なんで僕なんだ?」と落ち込んだそうです。しかし、国立がん研究センター中央病院の小児病棟で、もっと小さいときにがんになった多くの子どもたちと出会い、一緒に入院生活を送るうちに、「自分もしっかりとがんと向き合おう」と気持ちを切り替えることができ、いつしか「この小さな友人たちのために」と医師を志すようになったとのこと。そして、通っていた学校の先生や友人にフォローしてもらいながら院内学級で勉強して医学部に合格し、夢への道のりを着実に歩んでいたのでした。

「現在治療中の人が将来夢を持てるように
夢を持っている人は夢が叶うように
がん経験のある人で集まって協力して
夢を実現していこうというコミュニティです
現在治療中で不安を抱えている人

治療を終えた人ｅｔｃ．……同世代のがん患者で集まりましょう」

この書き込みを読んで、心が震えるのを感じました。彼のような人に、わたしは会いたかったんだ！　と。

勢い勇んですぐにメッセージを送り、「会いましょう!!」と誘いました。今思えば、ほぼ「逆ナン」でしたが、彼はすぐに返信をくれ、会うことになったのです。

ここからわたしの「がん経験者コミュニティ」はぐんと広がりました。彼との出会いを機に、彼と同じ時期に同じ病院で闘病していた仲間など、若くしてがんを経験し、それを乗り越えて前向きに人生を楽しんでいる人たちと会うことができました。そして、仲間がいることの心強さ、仲間がいると知ることの大切さを改めて実感させられ、「この心強さを少しでも多くの人たちと共有したい」という思いを強くしました。

このコミュニティで、「再発・転移」を経験した先輩に会うことができたことも、大きな支えになりました。わたしより1歳年上の、熊耳宏介さんです。それまで、

「再発・転移したらもう終わりだ」と思い続けていたわたしにとって、彼に「もし再発・転移したら、オレ先輩だからなんでも聞いて！」と明るく言われたときの衝撃は大きく、その言葉はその後もずっとわたしの心に残り、励まし続けてくれています。

彼は高校3年生のときに「急性リンパ性白血病」にかかり、「再発したら、次は厳しい」と言われていた中、21歳で再発。でもあきらめることなく、治療してくれる病院を見つけ、それから6年。「助からないって言われたのに、いま超元気だから！」と笑い、バリバリ働く彼の姿を見て、改めてロールモデルに会うことがどれだけ心の支えになることか、思い知りました。

あれだけわたしの心を蝕んでいた、がんへの不安、再発・転移の恐怖。それは「知らないこと」によるところが大きかったのだと思いました。仲間が増えていくことで、わたし自身の心もどんどん和らいでいくのを感じました。

どんな経験も、価値に変えることができる

最近、「AYA世代」という言葉をよく耳にするようになりました。「AYA」とはAdolescent and Young Adultの頭文字で、直訳すると「思春期および若年成人」という意味。具体的には、15歳から30代までを指すことが多いです。この「AYA世代」のがん患者の悩みは、ほかの年齢層とは少し違います。学業、就職、恋愛、結婚、出産……というライフイベントの真っただ中だからこそ、抱える不安があります。

24歳で乳がんになったわたしは、当初「もう恋愛なんてできないんじゃないか。結婚や出産なんて夢のまた夢のこと」と本気で思っていました。そして社会人3年目という、一番思う存分働けて、物事を吸収できる時期に8カ月も休んでしまって、同期

に後れをとっているという強い危機感と焦りもありました。

入院していたころ、病室の窓から自分の会社が見えました。夜、煌々と明かりがついているビルを見ながら、「たくさんの同僚があの中でバリバリ頑張っているのに、わたしはこんなところにいる。もうあそこには戻れないんじゃないか」と思い、たった一人、社会から取り残されたような気がして泣いていました。

がんに関する情報を届けるだけでなく、同世代ならではの悩みを共有したい。それも、テレビのようにたまたまタイミングが合わないと見られない媒体や、インターネットのように玉石混交の中で見つけてもらわなくてはならない媒体ではなくて、誰でも必要なときに手に取れる媒体がいい。そこで、やっぱりフリーペーパーがいいと思いました。その対象は、ざっくりと「若い人」。

そんな構想を練っているときに出会ったのが、前述の松井くん。彼とはじめて会ったとき、わたしは「Ｐｒｅｓｅｎｔ」を持参して、「これの『すべてのがん種の若手バージョン』を一緒につくろう！」と口説きました。しかも、「裏方仕事はやるから、この冊子の代表は松井くんがやって！」と。会っていきなりこの調子だったので、松井くんは当初、相当面食らったようですけれど。

言い出しっぺのわたしが代表になるのではなく、なぜ松井くんにお願いしたかというと、会社に内緒で活動していたからです。闘病のために8カ月も休みをいただき、周りに迷惑をかけた。復帰後もわたしの体を気遣い、サポートしてくれている。そんな中で当時のわたしは「フリーペーパーの代表だなんて、社外でそんなものをつくる余裕があるのか」とか、「どうせ発信するならばテレビでやればいいのに」などと言われてしまうのが怖くて、「公に名前を出すのは松井くん、裏方で動くのはわたし」という役割分担がベストだと思ったのです。

すぐに快諾してくれた松井くんとともに、どういう冊子がいいかを考えました。まず、「ざっくりと若い人」というのは、「35歳以下でがんになった人」という括りにすることにしました。そして、松井くんがm・i・x・iに書いていた「がん患者には夢がある」――がんを経験しながらも夢を持って生きていくことはできるんだということをコンセプトに発信していこうと決めました。

当時、がん患者の体験談などが載っていた冊子はあったのですが、匿名ばかりで写真も載っていないことが気になっていました。テレビでも、患者さんの顔にはモザイクがかかっていたり、首から下だけ写していたりすることが多い。それは、「配慮」といえるのかもしれませんが、一方で、がんになった人の存在を見えづらくし、がんになったことを公表しにくい雰囲気をつくり出してしまっているようにも思えました。「日本人の2人に1人ががんになる時代」などと言いながら、今のままでは「がんになることは特別なことであり、後ろ暗く、公表したくないこと」と捉えられてしまう。そんな思いを話し、実は仲間がたくさんいるのだということを知ってもらい、がんになっても堂々と生きていけるようにするためには顔出し・実名の体験談があったほうがいいと意見が一致して、「10人の体験談」を冊子の柱に置くことになりました。

ただ、これが思った以上に大変で、10人集めるのに半年かかってしまいました。ネットで該当する人を探してメッセージを送っても、「匿名だったら」とか、「顔出しはできない」という反応ばかり。

断念したくなったときもありましたが、「A男さん」「B子さん」と書かれている体験談に「共感」や「仲間」を感じることができるか？　と自問自答し、粘って粘って、探し続けました。その結果、松井くんとわたしを含めた10人のインタビューが実現、2010年春に「若年性がんと向き合う10人のストーリー」という特集記事を掲載した、若年性がん患者のための情報マガジン「STAND UP!!」を創刊することができました。

全国には「がん診療連携拠点病院」という、質の高いがん医療の均てん化を図ることを目的に整備された病院があります。闘病中の、できるだけ早い段階で見てもらえるようにしたくて、創刊号発行後はその病院リストの上から順に一件一件電話をして、「置いてもらえませんか」とお願いし、送付するという作業に明け暮れました。会社には、これらはすべて内緒。平日電話ができる松井くんやわたしの母の手を借りながら、勤務時間外の平日夜や土日を使って、がむしゃらに電話をかけ続けました。

ありがたいことに、「ＳＴＡＮＤ ＵＰ!!」は評判を呼び、「入院中の一番つらいときに読んで、力をもらった」「お医者さんから冊子をもらって、退院したらすぐに参加しようと思っていた」などの声がたくさん届き、その後も毎年1号ずつ発行し続けることができています。今も、若いメンバーを中心に、今春に発行する10号目の準備中です。

また、フリーペーパーをきっかけに集まった仲間たちとともに若年性がん患者団体「ＳＴＡＮＤ ＵＰ!!」を発足。活動に賛同してくれた同世代のがん経験者が一人、また一人と仲間に加わってくれて、現在のメンバー数は、約６００人。1号目では出てくれる人を探すのがあんなに難しかったのに、「入院中にフリーペーパーを読んでいて、ここに出てくる10人がヒーローに見えて、退院したらここに載っている人たちに会うのを楽しみにしていたんです」「このフリーペーパーに体験談を寄せるのが夢だったんです」と連絡をくださる方もいて、そのたびに涙が出そうになります。

そんな「STAND UP!!」では、さまざまなイベントに参加したり飲み会やバーベキューを開催したりしています。よくよく会話を聞くと、がんになったからこその悩みや葛藤を共有したり相談したりしていることも多いのですが、遠目で見たら、その全員ががんを経験しているなんて思う人はいないでしょう。仲のいい大学や社会人のサークルのようにしか見えないと思います。

「STAND UP!!」を始めるときに「若い人」をざっくり「35歳以下」と決めましたが、その35歳にたどり着き、もうかなりのお局さんになったわたしは、今はもうほとんど見守っているだけになっています。最初に参加したときには自己紹介するだけで涙が止まらなかったり、「笑顔になれない」と話したりしてるがん経験者が、ここで思いを共有できる仲間と出会って笑っていたり楽しそうにしていたりする姿を見るたびに、心からの喜びを感じます。

また、ここでの出会いをきっかけにさまざまなプロジェクトが立ち上がっています。

たとえば、保険会社のアフラックのCMにも出演した岸田徹さんが運営するインタビューWeb番組「がんノート」には、私をはじめ「STAND UP!!」のメンバーが数多く登場しています。

どんな経験だって、価値に変えていくことができる。わたし自身、今もみんなにいつも励まされ、癒されていて、本当に心強く思っています。

つらい経験を公表することで、理解は広まっていく

当初、わたしは乳がんになったこと、乳房切除の手術を受けたことをあまり公にしていませんでした。職場の人や、闘病中に支えてくれた仲のいい友人たちはもちろん知っていましたが、積極的に話すことはしてきませんでした。職場復帰後、公に話すことを躊躇する出来事があったからです。

職場復帰して1年が経った2010年、がんを経験した視点で取材し、ほかの方々ががどうがんと向き合っているかを描くドキュメンタリー番組を企画しました。わたしの本職は、テレビ局の記者。「STAND UP!!」の活動で仲間を紹介するだけでなく、本職でも伝えたいと思ったのです。

しかし、わたしががん経験を公表して放送に映ることに、上司は強く反対しました。企画は通ったのに、どうして!?　と反論すると、こう言われました。

「がんになったことを知られると、そういうレッテルを貼られてしまう」

「放送すると、その事実は取り消せない。いつかがんになったことを忘れたくなるときが来るかもしれないから、顔は出さないほうがいい」

「がんになったことを売り物にするな」


今になって冷静に振り返ると、まだ病み上がりのわたしを思ってくれての言葉だったのだと理解できます。でも、そのときはあまりのショックに職場で号泣してしまいました。がんになったことを隠さなければならないような世の中の空気を変えたいのに……報道機関がこれでいいの？　と悔しく、悲しかったのです。

それでも、どうしてもなにか伝えたい。結果、わたし自身は「がんを経験したディレクター」として後ろ姿のみで登場し、がんを乗り越えて活躍していた方、再発・転移を繰り返しながらも前を向いて生きていた方、まだ治療中で自分と同じように葛藤していた方の3人に取材させていただいて「伝えたい……24歳のわたしへ～がんが教えてくれたこと」と題するドキュメンタリー番組を放映。多くの反響をいただきましたが、「取材者が顔を出さないことに違和感があった」と指摘する声も届きました。

この経験をきっかけに、がんになっていない人にも理解を広めたいというパワーを一時期失ってしまい、がんになったことを公言するのもやめました。あくまで、「STAND UP!!」など仲間うちだけにとどめていました。

そんなわたしが、方針をがらりと変えたのは2013年のこと。「STAND UP!!」のファウンダー（創始者）として「IEEPO2013」（International Experience Exchange for Patient Organizations）という患者支援団体の代表者らが世界から集まる国際交流会議に呼んでいただいたのがきっかけでした。

その年の3月、「IEEPO」はスイス・チューリッヒで3日間にわたって開催され、当時日本テレビで政治部の記者をしていたわたしは、冬休みを使って参加しました。

「ＩＥＰＯ」の参加者は医療関係者が多かったのですが、わたしが「ジャーナリスト」だと自己紹介すると、皆さん「ジャーナリストがどうして患者支援なんてしているの？」と聞いてくる。そこで「わたし自身がブレスト・キャンサー・サバイバー（乳がんの経験者）だから」と説明したところ、「Congratulations!（おめでとう）」と言って抱きしめてくれたのです。

最初は、「がんになって、おめでとう？」と頭の中がクエスチョンマークでいっぱいになりましたが、どういうことか聞いてみると、「がんになったことは大変なことかもしれないけれど、今ここにある命が素晴らしい。誇りに思うよ」と。心があたたかくなり、救われる思いがしました。

そして、「なぜもっと発信しないの？　あなた自身ががんを経験したことを堂々と公表して、理解を広げていかないと」とも言われました。「そういう人が増えていくことで社会は変わる。あの人もこの人もそうだってなったら、がんになることが特別なことじゃなくなって、偏見も減って、生きやすくなるよ。多くの人が思っている『がんになったら人生終わり』というイメージを払拭して、希望になるよ。ここにくるほどの思いを持っているのなら、まずは自分から変わらないと」と。

前述の職場での出来事もそうですが、実は、がんになったことを伝えて悲しい思いをしたことが何度もありました。

まだ抗がん剤治療をしていたところ、気分を変えたくて久々にネイルサロンに行きました。薬の影響で爪が少し黄色くなっていたので、雑談交じりにそれを伝えたところ、なんと「うちはみんな同じブラシを使うので」と断られてしまったのです。「え？がんは感染する病気じゃないのに、どうして？」と驚きましたが、説明するのも悲しすぎて、泣く泣く帰ることしかできませんでした。

友人の結婚式でエステ無料券が当たり、ワクワクして行ったエステサロンでも、悲しいことがありました。施術前に記入するシートに手術歴の記入欄があり、「あり」

と答えて正直に病名を書いたところ、「うちは病院併設ではないので施術できません」と断られたのです。このとき、すでに手術から数年経っていたので、「手術跡も治っているし、主治医からもなんの問題もないと言われています」と言っても、「体に悪影響を与えてしまったら責任を取れない」の一点張りで帰されてしまいました。

このような根拠のない偏見に何度となく傷つけられてきました。ちょっとしたことかもしれませんが、グサッと心に刺さって、自分を守るためになるべく言わないほうが楽だと思うようになっていってしまいました。次の一歩を踏み出すのがすごく億劫になってしまうのです。

でも、「ＩＥＥＰＯ」で勇気をもらったことで、意を決して自身のがん経験についてＦａｃｅｂｏｏｋに投稿しました。手術のこと、闘病のこと、そして「ＩＥＥＰＯ」でかけてもらった言葉など。

反響は、ものすごく大きかったです。同情や哀れみ、後ろ向きな言葉はひとつもなくて、労りや応援の言葉ばかり。中には「そんな経験をしていたなんて。なんの苦労もなく生きていると思っていた」という声もあり、ちょっと笑ってしまいましたが、なんだか肩の荷が下りた感じがしてホッとしました。なんだかわたし自身、生まれ変わって新たな人生を踏み出せたような気がしました。

それと同時に、「Ｃｕｅ！」というプロジェクトも立ち上げました。どうしても自宅と病院の往復になりがちで、職場でも疎外感を感じがちながん患者のために、ヨガやウォーキング、書道、プチ遠足など、習い事のように行けて同じ経験をした友だちもできる場所をつくろうというものです。がん患者にとっての居場所になるだけでなく、団体の活動を通じて社会の理解も深めたい……という思いも込めて。

「Ｃｕｅ！」という名前は、広告会社でコピーライターをしている友だち・金そよんさんに相談して決めました。テレビ局でよく使う「Ｑ出し」にかけて、「背中を押す」という思いも込めています。そして、なにより「ＩＥＥＰＯ」で皆に言われた、「Congratulations」という意味を込めたくて、「Congratulations on your Unique

Experience（あなたの特別な経験に、おめでとう）」を略した頭文字になっています。日本で、がんになった人に「Congratulations」と声をかける文化をつくるのはなかなか難しいかもしれないけれど、小さな集まりでそういう思いを共有できるだけでも価値があると思いました。

このプロジェクトでは、土日や休日を使って月に1、2度、ヨガスタジオやお寺、時には自宅のリビングを使用してプログラムを開催。がんを経験していない友人知人にも協力を呼びかけて成り立っていたので、協力してくれる人を探していく中で、がんを経験したことを自然と言えるようになっていきました。

当時のわたしは政治部の記者。政治家への夜回りが多く、自分の時間がなかなか取れませんでしたが、隙をぬっては「がん経験者としてできること」を考え続けました。皇室担当時代は、本を読みながらの夜回りが習慣でしたが、このころは議員宿舎の玄関を見ながらPCを開き、「STAND UP!!」や「Cue！」の企画を練っていました。一人で苦しんでいる人を減らすために、わたしができることはなんだろうか。そう考えながら。

出会いは、その準備ができたときにやってくる

「ＩＥＥＰＯ」は、わたしに大きな転機と出会いももたらしてくれました。

２０１３年に続き、翌年にオーストリア・ウイーンで開かれた「ＩＥＥＰＯ２０１４」にも参加させていただきました。当時、わたしは都庁の担当記者。猪瀬直樹都知事辞職後の都知事選を終え、ギリギリに駆けつけることができたのですが、そこで「Maggie's Cancer Caring Centres（マギーズセンター）」のことをはじめて耳にしたのです。

すぐにインターネットでホームページを見てみると、マギーズセンターとは、がんになった人やその家族・友人など、がんに影響を受けたすべての人がいつでも気軽に

訪れ、ゆっくりお茶を飲んだり、治療や日々の生活などについて相談したりすることができる場所で、１９９６年に英国で生まれていました。

このとき実は、「Ｃｕｅ！」の活動を通じて、がんになった人がいつでも訪れることができる常設の場所をつくりたいと考えるようになっていました。「Ｃｕｅ！」のプログラムを企画するたびにブログで参加者を募るとすぐに満席になってしまい、ボランティアで講師をしてくださるというご連絡もたくさんいただいていました。そんな中、常設の場所でスケジュールを組んで常に誰かがいるようにしておけたら、もっと定期的に仲間と会えて、気分転換もできて、わたしだったらうれしいな、と。

でも自分一人では、そのような場所を用意する資金力がない。そこで両親を巻き込み、実家のマンションを売ってもらって3階建てぐらいの戸建てを新たに購入し、1階を常設スペースとして開放する、という案を思いつきました。そして、2、3カ月の間、週末になると親と一緒に物件を見て回り、条件に合う中古の一軒家を東京・駒沢に見つけ、この「ＩＥＥＰＯ２０１４」直前に仮契約を済ませていました。わたしは一生分のローンを組む覚悟でした。

今考えれば、あまりに家族にかける負担が大きすぎる無謀なアイディアでしたが、わたしはそれだけ真剣だったし、家族も「美穂がやりたいなら」と応援してくれていたのです。

しかし、その話を「ＩＥＥＰＯ」の参加者にすると、「あなた、正気!?」と心配されてしまいました。家族経営では持続するだけでも大変だろうし、社会への広がりにも限界が見えると。そして「海外の事例はいろいろ見てみたの？『マギーズセンター』とか」と言われたのでした。

「マギーズセンター？」。そのときはわからなかったので、ホームページや記事を検索。すぐに、「これだ！」とビビビッときました。

「最も大切なことは、死の恐怖の中にあっても、生きる喜びを失わないこと

マギー・Ｋ・ジェンクス」

マギーズセンターを発案した英国の造園家、マギーさんのメッセージ。がんでなくても通いたくなるような木のぬくもりと光が溢れる建物。一瞬で心をつかまれ夢中で調べていくと、そのセンターは社会の寄付で成り立ち、著名な建築家がデザインした居心地のいい場所に、医学的知識が豊富な専門家が常駐しているとのこと。そして、がんに影響を受けたすべての人がいつでも予約なく訪れることができ、友人の家に来たように優しくあたたかく迎えられ、お茶を飲むのも、相談をするのも、「Ｃｕｅ！」のようなプログラムを受けるのもすべて無料。まるで夢のような場所だと思いました。

マギーさんは、１９８８年に乳がんになり、１９９３年、55歳のときに医師に乳がんの再発と「余命数カ月」と告げられ、胃にパンチされたような大きなショックを受けたそうです。しかし、次の患者が診療を待つ病院では、その場に座り続けることさえ許されませんでした。

マギーさんは、建築評論家の夫・チャールズさんとともにありとあらゆる本を読み、海外を含めた乳がんの専門家に電話をかけまくり、ありとあらゆる代替療法も検討し、自分に合った支持療法を模索したといいます。能動的に治療をしようとする中で、ホンモノだかニセモノだかわからない〝治療法〟が洪水のように襲ってきて、役に立つどころか、信頼できる人の助けなしでは溺れてしまいそうになり、「がんの治療中でも、患者ではなく一人の人間でいられる場所と、信頼のおける知識を持った友人のような道案内がいてくれたら……」と強く思ったのだそうです。

結局マギーさんは、エジンバラのウエスタン総合病院で、転移性進行乳がんの治験を受け、明るく強く穏やかに生きることができ、その間、センターを建てるべく奔走。再発の宣告から2年後、彼女は完成を見ることなく亡くなりましたが、チャールズさんやマギーさんの医療チームが遺志を受け継ぎ、病院の敷地内に第1号のマギーズセンターを完成させました。

マギーさんは、「がんになるということは、地図なしで敵陣にパラシュート降下するようなものだ」と表現しています。道もコンパスも地図もなく、敵がどのくらい強くて、味方がどこにいるのかもわからない。そこがどんなところかの知識も全くなく、道なき道をいくトレーニングを受けたこともない。そこを抜け出したくても、どっちに向かえばいいのかすら、わからない。マギーズセンターは、そんな敵陣だと思っていた場所で、自分らしい地図を再び描くお手伝いをする一軒の家だ、と。

訪れた一人ひとりの思いを決して否定せず寄り添いながら、とことん話に耳を傾け、科学的根拠に基づいた役立つ情報を提供し、その人が自信を持って歩める地図をともに描いていく。そんな活動が英国の人々の共感を呼び、現在では英国内を中心に25カ所のセンターが運営されています。

ウィーンの地でわたしは興奮していました。そのほかにもいくつか海外の事例を聞いて調べたのですが、マギーズへの運命の感じ方はダントツでした。

後に知ったのですが、医師が患者と選択肢を共有し、ともに治療の意思決定を行っていく「Shared-decision-making（シェアード・ディシジョン・メイキング）」という概念があります。これは、医師が患者に十分な情報を伝えた上で合意して治療を行う「informed consent（インフォームド・コンセント）」よりも、より患者の意思を尊重するもので、最近医療や行政の現場でも少しずつ目にするようになりましたが、これこそ治療選択の上でわたしが求め、重要だと感じてきていたことでした。マギーズではそれを病院の外から自然な形でサポートしているように見えました。そして、マギーさんの経験、問題意識や思いと自分のそれとが重なり、ああ、わたしが次にやるべきことは、ローンを組んで一軒家を買うことではなく、マギーさんの思いを日本につないでいくことなんだなと、とても僭越ながら真剣に思いました。これまでのわたしは、無意識にそのための準備をしてきたのではないかとさえ思えてきたのです。

それにしても、不思議です。最初にマギーズがオープンしてからこのときすでに18年。わたしはこの時点で6年もがんに関する活動をしてきたのにそれまで全く知らなかったなんて。でも、逆に考えると、このときよりも前にマギーズのことを知ったとしても、単なる憧れに終わっていた可能性も高く、日本につくろうなんて発想も持てなかったかもしれません。

人は、準備が整ったときに出会うべきものと出会えるようにできているのだと思います。それはつまり、そのときの視野の広さや視座の高さによって見える景色が変わり、そのときに出会うべきものを見つけられる力もついていく、ということなのかもしれません。

人との出会いでも同じことが言えると思います。たとえば、準備ができていなかったら、憧れの人と出会うことさえ難しい。偶然出会えても通り過ぎてしまったり、ご挨拶もできなかったりする。でも、準備ができていたら、友だちになれたり、ご縁がつながっていったりする。

世界や人脈は、その人の器量に合わせていくらでも広げていくことができ、その中で大切なものを見つけられるかは自分次第。生きているって、本当に面白いです。

迷うより前に、調べて、会いに行く

すぐにでも本場を訪ねたいけれど、冬休みを使ってしまったので、次に連休を取れるゴールデンウイークを待つしかない……。でも帰国後、はやる気持ちを抑えきれずに、「マギーズセンター」とカタカナで検索してみました。すると記事は4つしかヒットしなかったのですが、そのどの中にも「秋山正子」という名前が出てきました。

記事を一つずつ読み進めると、秋山さんは母よりも少し年上の看護師で、30代後半のときにがん闘病中のお姉さんに自宅でホスピスケアを行ってから訪問看護の道を切り開いたとのこと。行政での仕事も著書も受賞歴も数多くあり、NHK「プロフェッショナル　仕事の流儀」への出演履歴まで出てくる。そして、2008年秋に国際がん看護学会でマギーズセンターを知ってすぐに英国マギーズを訪問。「日本でもこのような施設をつくりたい」と感銘を受け、英国マギーズのCEOを招聘してシンポジウムを開催し、仲間とともにマギーズセンターをモデルにした「暮らしの保健室」という施設を東京都新宿区に開設、運営されているとのこと。

マギーズについて日本で一番詳しいのはこの方に違いない！　しかも都内！　そう思った瞬間、「暮らしの保健室」の電話番号を調べて電話をかけていました。そして、何コール目かで電話口に出られた方に、「秋山正子さんはいらっしゃいますか？」と聞くと、ラッキーなことに、「わたしです」とご本人。慌てて「取材のリサーチをさせていただきたい」ということにしてアポを取り、２０１４年4月、会いに行きました。「暮らしの保健室」は東京都の在宅療養推進窓口事業のモデル事業に選ばれていたので、当時都庁担当だったことにかこつけて取材に伺うことができたのです。

「暮らしの保健室」があったのは、古い団地の1階にある一室。

訪ねるなり、わたしは自己紹介をした上で、「暮らしの保健室」について、そして、そのモデルとなったマギーズセンターについて、矢継ぎ早に聞きました。取材のリサーチという名目でしたが、わたし自身は「マギーズについてより詳しく知りたい」

「すでに国内で進んでいるプロジェクトがないかを知りたい」という思いでいたので、大変失礼ながら「わたしもマギーズを日本につくりたいと思っています。秋山さんはマギーズが日本にもあったらいいなと発信されていますが、今どんな状況でしょうか？」と聞いてしまいました。日本でのマギーズセンター開設に向けた動きがある程度進んでいるのであれば、わたしもかかわりたいと思ったのです。

すると、秋山さんは現状抱えている課題を語ってくれました。

日本でも医療関係者の間では少しずつ認知度は上がっているし、仲間の輪も広がりつつあるけれど、マギーズを名乗るためには広く広報活動を行い、ファンドレイジングにより資金を集めて、土地を借り建物を建てなければならない。しかし、日本では寄付文化が根づいていないため資金調達が難しく、建物も、病院に空いている土地を貸し出してもらうようかけ合ったり、都に問い合わせたりしているものの、うまく進んでいない――。

この団地の一室も、シンポジウムに参加してくれた人が格安で貸し出してくれた場所。マギーズとはまだ名乗れなくても、マギーズのような場所をまずはつくりたいと思って頑張っているのだ、と。

真剣なまなざしで語る秋山さんの姿に、「この方は本気だ」と心を打たれました。そしてこう考えました。

秋山さんのような医療関係者や、医療に関する専門性の高い人が常勤する施設をつくるのは、わたし個人にはハードルが高い。一方で、わたしはがんを経験した仲間がいるし気持ちもわかる。そしてわたしの仕事柄、秋山さんが抱えている土地や建物、資金調達、そして広報PR活動という課題に関しては力になれる場面が多いのではないか、と。

秋山さんとわたしがチームを組んで一つになれば、日本でのマギーズセンター開設が実現できるに違いない！　そう確信し、初対面にもかかわらず「秋山さんのチームで足りない部分はわたしがなんとかするので、一緒にやらせていただけませんか？」

とお伝えしてみました。

秋山さんは、突然のわたしの申し出に驚きながらも、「ならば、それぞれの仲間を集めてまずは話し合ってみましょう」と言ってくださいました。いきなり訪ねてきた実績も経験も足元にも及ばないわたしを、受け入れてくれたのです。

こうして、はじめての日本でのマギーズセンター「マギーズ東京」開設に向けて、急速に物事が動き始めることになります。

会いたいと思う人がいたら、会いに行く。なにかを始めたいと思ったら、第一人者に話を聞きに行く。これは、記者として当たり前に繰り返してきたことですが、記者でもないと意外とそんなふうに行動する人は少ないと知りました。振り返るとわたしは「ＳＴＡＮＤ　ＵＰ!!」をつくるときには松井くんに、「Ｃｕｅ！」をつくるときには友人知人を含む多くの人に、協力を求めに会いに行っています。そして今回秋山さんに会いに行ったのは「取材リサーチ」にかこつけてでしたが、完全にプライベートでも、要人やアイドルなどでない限り、公開されているご連絡先やＳＮＳを通じてご連絡したり、お手紙を書いたり、その方が登壇するイベントや講演に伺って終わったあとに挨拶に伺ったりすると、かなりの確率でお会いすることができます。そして、その方の書籍や記事を読み、一般公開されている講演などは聞いた上で、利他的な目的を持ってＴＰＯに合わせてアプローチすれば、話ができる可能性も高い。もしそのときご縁がつながらなくても、また準備を整えたり、別の方法で再チャレンジしたりすればいいことで、失うものはなにもありません。皆さんにも是非、お勧めしたいです。

後日談ですが、この日はあくまで取材リサーチとして出向いたので、しっかり仕事にもつなげました。都のモデル事業として「暮らしの保健室」を取り上げる企画を夕方のニュース番組に出し、実際に放送。秋山さんにも喜んでいただけました。

そして、仮契約をしていた駒沢の中古の一軒家は、お金がかからないギリギリのタイミングで解約することができました。

チャンスの女神様は前髪しかない

「秋山さんのチームで足りない部分はなんとかする！」と豪語してしまったわたし。広報PRはなんとかなるかも？　とイメージがつきましたが、もっと先に必要な土地や建物、資金集めについては全く知見がありませんでした。今回は一生分のローンを組んでも手が出なさそう。秋山さんが数年探し回っても、借りられる土地は見つかっていない。意気揚々と「暮らしの保健室」を後にしたものの、ひとりでなんとかできる気がしませんでした。

そこで相談したのが、大学時代の友だちで三井不動産レジデンシャルに勤めている青山加奈さん。秋山さんに会った夜に「加奈、わたしこんなのをつくりたいんだけど……」とマギーズセンターのURLを送ってみました。すると、なんと「思い当たる土地があるよ。ただ、美穂がやりたいことにふさわしいかわからないから、一度地図を見てほしい」と即レスが来たのです。

実は、その土地こそ、今、マギーズ東京がある場所です。


加奈は当時、豊洲エリアの開発に携わっていて、東京ガス用地開発の持つ遊休地を有効活用する企画を考えていたところだったのです。

「遊休地を活用して、東京オリンピック・パラリンピックまでにこのエリアを盛り上げたい。なにか提案できるものはないだろうか?」と。あまりのタイミングの良さに、運命的なものを感じました。


彼女はもともと大手広告代理店に勤めていたのですが、「建築に携わりたい、人の癒しになる空間をつくりたい」という夢をあきらめきれずに転職。「いつかは建築そのものに携わりたい」という夢のために、目の前の仕事に全力で臨み、夢に向かって努力し続けていました。

「美穂がやりたいと思っていることは、まさにわたしがずっとやりたかったこと。夢を追うチャンスをくれてありがとう」と言われ、胸が熱くなりました。

すぐに彼女に会い、一緒に地図を広げました。すると、これまた運命的な土地だったのです。

「がん診療連携拠点病院」の中でも代表的といわれる国立がん研究センター、がん研有明病院、そして聖路加国際病院などが近くにあり、「日本で一番がんの診療拠点病院が密集しているのでは？」と思えるほどの土地でした。

ここにマギーズセンターを建てる意義は大きく、運命を超えて「この土地に呼ばれている」気さえしてきました。

秋山さんにも、すぐに報告に行きました。お会いするのはまだ2回目なのに、「土地を見つけてきました！」との報告にかなり驚かれていましたけれど。

鉄は熱いうちに打たねばなりません。

秋山さんとわたしがそれぞれの仲間を集めて「マギーズ東京プロジェクト」を発足し、加奈が先頭に立ってまずは自社の役員を説得。役員にがんを経験している人や、家族ががんを患った経験のある人がいたこともあり、なんとかGOサインを獲得。そして「社会貢献の一環」として、土地のオーナー企業である東京ガス用地開発にプレゼンしてくれました。その後何度かの紆余曲折を経ながらも、5月には2020年いっぱいまで破格の条件でその土地を貸していただける内々定をいただくことができました。

土地に関してはなんの知見もなく、加奈に連絡をしたときも、まさかこんなにとんとん拍子に話が進むとは思ってもみませんでした。彼女が先頭に立って奔走してくれたおかげで、一気に物事が動き始めました。わたし自身はなにもわからないながらも、「一番詳しそうな人にメールをしてみる」という小さな行動をしただけですが、それがこんなにも大きなチャンスを呼び寄せてくれたのです。

ちなみに、後日談が一つ。

加奈から「いい土地があるから、地図を見せたい！」と返信をもらった夜、わたしは友だちが主催するホームパーティーに参加することになっていました。
「今夜仕事が終わったらすぐにでもこの土地の資料を見せたい！　ちょっとでもいいから時間取れない？」という彼女に、途中退出するのもなんだから……と、主催者に許可を取って来てもらったのです。

それがきっかけで、その主催者の男性と加奈が知り合い、恋に落ちて、なんと結婚！　加奈にはもうすぐ２人目の子どもが産まれます。

「チャンスの女神様は前髪しかない」と言います。過ぎ去ってしまってからは捕まえることはできない。わたしが動き出さなければ、そして加奈がすぐに反応してくれなければ、マギーズもなければ、２人も出会わなかったかもしれません。今振り返ってみても、神がかったような出来事でした。

夢や思いは
語ると叶いやすくなる

秋山さんに出会い、土地も見つけ、いよいよ本格的に動き出したマギーズ東京プロジェクト。そんなとき、ぽっかりと3日間の休みが取れることになったので、急遽香港のマギーズセンターに行ってみました。視察を兼ね、加奈やプロジェクトの賛同者も一緒に。

実際にマギーズを体感してみて、改めて、心から感銘を受けました。老若男女、さまざまな人がふらりと立ち寄り、笑顔で談笑している。がん患者であることも含めてすべてを受けとめるあたたかい雰囲気があり、わたし自身も癒され、感動しました。

そのマギーズ香港のセンター長に、「次はマギーズ東京をオープンさせてから来ますね!!」と涙ながらに伝えて日本に戻ってきたのですが……一つ大きな問題が残っていました。「お金」です。

資金面は、秋山さんも以前から頭を悩ませていた最大の課題。2人で借金をしてでも成し遂げようとは話していましたが、まだ法人格もないし、実績もなにもない中ですんなり貸してもらえるかは微妙な状態。土地を借りるにしても「資金調達のメドはあるのか。本当にマギーズを建設できるのか」と不安がられていました。実際、加奈は「内々定は出したものの、メドが立たない状況が続いたらほかに貸すことも検討する」と言われていたそうです。

そこでわたしたちが注目したのが、クラウドファンディングによる資金調達です。

「クラウドファンディング」とは、製品やサービスの開発やアイデア実現のために、主にネットを通じて資金の出資や協力を集めること。寄付文化が根づいていない日本ですが、この数年前からいくつかのクラウドファンディングサイトがオープンし、知名度が徐々に上がっていたのです。

周りからの勧めもあり、「Ｒｅａｄｙｆｏｒ」というクラウドファンディングサイトで、２０１４年９月からの２カ月間、「がん患者が自分の力を取り戻すための場・マギーズセンターを東京に」というテーマでクラウドファンディングを行うことになりました。

ただ当初は、この資金調達方法の可能性については未知数でした。

マギーズの建築費など初期投資を考えると、できれば１０００万円は調達したい。でも、「がん」というテーマで寄付を募るとなると２００万〜３００万円が現実的だと言われ……でもそこまでは下げられず、７００万円という目標を設定しました。

７００万円と宣言してしまったからには、もうやるしかありません。いわゆる〝現実的〟な額の３倍は集めなければ、プロジェクト成立とはならず、成立しなければ支援はゼロ。無謀な設定額だっただろうか、わたしたちの思いがちゃんと伝わるだろうか……と不安だらけでした。

今ではクラウドファンディングも一般的になり、さまざまな立場の方が資金調達の場として活用していますが、決して簡単にできるものではありません。じっと待っているだけでは当然ダメで、一人でも多くの方に注目してもらい、思いに賛同してもらうためには、毎日の経過を見ながらさまざまな打ち手を考える必要があります。

わたしたちも、センスのいい友人知人にお願いしてオリジナルギフトをつくったり、募集サイト上で活動内容を随時報告して「忘れ去られない」努力をしたり、発信力のある人に情報を拡散してもらったり。クラウドファンディングの終了時にはカウントダウンパーティーも開催しました。

ちょうど英国のエジンバラにあるマギーズのセンター長、アンドリュー・アンダーソンさんが来日するタイミングだったので、その講演会内容をリポートしたり、わたしたちプロジェクトメンバーの会議の様子をアップしたりと、2、3日おきにはなんらかの活動報告をすることを、自らに課しました。

なにをするときにも最も詳しい人に聞くのが一番。そう思っているので、ＲｅａｄｙｆｏｒＣＥＯの米良はるかさんのところにも突撃しました。そして、アドバイスに基づいて、友人や知人に支援をお願いするメッセージを送りまくりました。実はわたしは、人に頼みごとをするのがとても苦手なのですが、「ここが一世一代のお願いのしどころだ！」と腹をくくり、Ｆａｃｅｂｏｏｋでつながってはいるものの１回しか会ったことのない人にも勇気を振り絞ってメッセージしました。

当時のわたしのＦａｃｅｂｏｏｋページは、毎日クラウドファンディングに関する投稿ばかり。しかも長文の熱いメッセージばかりで、さぞやウザかっただろうと思いますが、わたしの気迫が周りに伝わり、その思いを正面から受け止めてくれる人もたくさんいました（後に、協力しなかったら恨まれて友達やめると言われかねない勢いだったよ……などとも言われましたけれど）。支援者リストを見ると、友人たちが誘い合わせて大きな額を支援してくれていたり、10年ぶりぐらいの友人からも支援があったりと、本当にたくさんのあたたかい応援をいただきました。

この活動を通じて、わたしががんを経験したことをはじめて知った人も多く、「知らなかった！　驚いた！」という声もたくさん寄せられました。みんな「その思いを応援する」と言ってくれて、涙が出るほどうれしかったです。

クラウドファンディングでは、多くの方々がそれぞれの立場でコメントをつけてシェアしてくださったことが大きな力になりました。たとえば、医師という立場で必要性を訴えてくださったり、患者という立場で待望の声を書いてくださったり。

また、クラウドファンディングを始める前に相談していた社会起業家の慎泰俊さんや認定ＮＰＯ法人フローレンス代表理事の駒崎弘樹さん、ライフネット生命社長（現会長）の岩瀬大輔さんなど、社会的に信頼されている方々がシェアしてくださったことで支援の輪は確実に広がりました。ちなみに、こんなプロジェクトを始めるつもりだと相談したとき、慎さんは、「自分以外の全員がいなくなっても続ける覚悟があるのなら、やったらいいと思う」と、駒崎さんは、「決してハコモノだけをつくって終わらないように」と、岩瀬さんは、「全力でやるならば応援する」と言ってくださり、それぞれの激励の言葉が今も心に残っています。また、シルバーウッドの下河原忠道さんなど、このときにご支援いただいたことがきっかけで出会うことができた方々とのご縁は今もとても大切に思っていますし、残念ながら2016年にすい臓がんで亡くなったジャーナリストの竹田圭吾さんなど一方的に存じ上げていた方にも突然応援いただいて、背筋が伸びる思いがしました。

この経験から、夢や思いは語ると叶いやすくなるんだということ、そして私利私欲なく行動していると見ていてくれる人の気持ちを動かすことができるんだということを学びました。勇気を出してお願いし続け、最後まで走り続けることができて本当によかった。この経験がなければ、資金調達はとん挫し、マギーズ東京はまだできていなかったかもしれないのだから。

プロジェクトの結果ですが、ありがたいことに2カ月間で1100人もの方々から2200万円もの支援をいただくことができました。目標額の3倍以上であり、当初希望していた額すらも大幅に上回る結果です。皆さんの思いに胸が熱くなるとともに、期待の大きさに身が引き締まりました。もう後には引けない。脇目も振らず突き進もう、と。

ちなみに、当初の目標額700万円を達成したのは、わたしの誕生日。0時になった瞬間に700万円の大台に乗り、当時ルームシェアをしていたプロジェクトメンバーの齊藤麻衣さんとともに、「奇跡だ！」と震え、飛び上がりました。後日、「わたしを喜ばせたい」と考えた母の粋なプレゼントだと知り、心があたたかくなりました。

迷ったときは、
より自分にしかできないと思える道を選ぶ

クラウドファンディングで2200万円もの支援をいただくことができたことを受け、同年12月にNPO法人設立の申請を行いました。秋山さんとわたしの、共同代表体制です。

法人化し、共同代表になるということは、会社員との二足のわらじを履くことになるということ。これまでの活動はすべて会社に黙ってやってきましたが、これからはそういうわけにはいきません。新卒で入社したころからお世話になっている人事責任者にアポを取り、話をしに行きました。

「実はNPOをつくりたくて……」と言った瞬間、「なんだ、結婚報告かと思ったのに！」と言われて周りがどっと笑う、という始まりでしたが、途中から真剣な表情で話を聞いてくれました。ただ、わたしの思いにも、活動内容にも共感してくれたものの、当時の日本テレビは基本的には副業は禁止。今までにこのような前例はなく、「サポーターならまだしも、共同代表として活動することについては了承することはできない」と言われてしまいました。

裏方に徹するとか、サポーター程度の活動にとどめるならば、可能性があるかもしれない……とアドバイスをもらい、一度持ち帰ったものの、悩みに悩みました。人事が言うことは、理解できました。万が一、マギーズでなにか問題が起こったとき、「日本テレビの社員」という肩書があれば会社が対応せざるを得なくなり、迷惑もかけます。共同代表はあきらめ、秋山さん一人に代表をお任せするという方法も考えました。

でも、秋山さんの医療目線からの思いと、わたしの患者目線からの思いが一つになったからこそ、ここまで来られたプロジェクト。ここから先、秋山さん一人に責任を負わせる形になるのはあまりに心苦しいし、秋山さんにも「状況はわかるけれど、やはりこのプロジェクトは美穂さんと2人でやりたい」と言ってもらっていました。そしてなによりわたし自身、覚悟を持って始めたこのプロジェクトから降りたくない、自ら中心となって推進し実現に導きたいという強い思いがありました。

そして後日。腹をくくって再び人事部を訪ね、「このプロジェクトをどうしてもあきらめたくない。共同代表に就くのがどうしてもダメならば、日本テレビを辞めるしかないと思っている」と伝えました。

決断するまで、すごく悩みました。この時点でもまだ心は揺れていました。記者の仕事は楽しいしやりがいもある。自分にしかできない発信を続けたいという思いもある。でもマギーズの活動のほうが、より「わたしにしかできないこと」だと思えたのです。

わたしの覚悟が伝わり、なんとかいい方法が見つけられないかと人事で検討を重ねてくれました。結果、「マギーズからいっさい報酬をもらわないボランティアという形であれば、社外活動の一環として共同代表になることも認める」と条件付きで許可が下りたのです。
そうして人事部も職場の上司も、「本業とＮＰＯ、それぞれの活動がお互いにいい影響を与え合うように頑張りなさい」と応援してくれることになりました。

晴れて堂々と「二足のわらじ」を履くことになりましたが、これからのキャリアを熟考し、自分自身に向き合って「本当にやりたいことはなにか」をとことん突き詰めた経験は貴重でした。記者とマギーズの活動、両方とも尊く、大好きな仕事ではありますが、迷ったときには「より自分にしかできないと思える道を選ぼう」という軸ができました。

会社からの許可ももらい、あとはやるだけ。
このころには、わたしたちの考えに賛同し、手伝ってくれる仲間も増え、建物の建築を担当するチーム、ファンドレイジングチームなどいくつかのチームが発足し、それぞれが並行して動いていました。共同代表としてそれらすべての会議に顔を出し、全体の進捗を管理していたので、とにかく毎日が忙しかったです。

もちろん記者としても奮闘。「社外活動に忙しく、本業は手を抜いている」なんて絶対に思われたくないから、これまで以上に仕事に打ち込み、取材に走り回りました。

とはいえ、大病をしている身なので睡眠はものすごく大切。1日6時間は寝ると決めていたので、本業とマギーズ東京プロジェクト以外の楽しそうなお誘いにはほとんど参加できませんでした。どうしても行きたい集まりには、5分だけ顔を出すということも。「今は仕事とマギーズに集中する時期なのだ」と割りきり、起きている時間は二足のわらじでフル稼働し続けました。

たまに参加する楽しい飲み会も、「1時間半で切り上げる」と自分にルールを課しました。これは、政治部時代に取材させていただいた議員さんが「時間を有益に使うため」に実践されていたこと。宴席は1時間半で切り上げ、勉強や体調管理の時間にあてていると聞き、真似させていただきました。「1時間半でこの場を楽しみきる!」と決めて臨むと、楽しい時間がより充実するように思えました。

「最後かもしれない」と思うと世界が愛おしくなる

マギーズ東京プロジェクトが動き出し、資金調達で忙しく走り回っていたころ、実は仕事面でも大きな変化がありました。

２０１４年6月、それまでの都庁から、念願の厚生労働省を担当させてもらえることに。そして、後にわたしの人生に大きな影響を与えてくれた山下弘子さんとの出会いがあったのです。

ある日、友だちから突然、「この子、美穂ちゃんに考え方がそっくり。きっと合うと思うよ！」と彼女のブログが送られてきました。すぐに読んでみて、衝撃を受けました。

山下弘子さんのことは、今ではきっとご存じの方が多いと思います。アフラックのCMに出ていた女の子と言えば、「ああ、あの！」と思い出す方が多いのではないでしょうか。

彼女は1992年生まれで、わたしより9歳年下。大学1年生だった19歳のとき、肝臓に巨大ながんが見つかり「余命半年」を宣告されました。すぐに摘出手術をしたものの、その後再発・転移を繰り返していました。

わたしが彼女のブログに出会ったとき、彼女は22歳。宣告された余命はとうに超えてはいたものの、新たに肺への転移が見つかったという状況でした。きっと大変なときなのに、ブログでは母校で講演をしたことが書かれていて、そこには「すべてのことに意味がある」「ありがとう」などの言葉が並んでいました。

わたしは治療がひとまず落ち着いてようやくがんと冷静に向き合えるようになりました。でも彼女は、まさに治療の真っただ中。再発と転移を繰り返しながらも、なぜこんなふうに前向きに捉えることができるのだろう？　どうしても、直接会って話が聞きたいという衝動に駆られました。

ブログ経由でメッセージを送ったところ、数日後「電話をください」と返信があり、すぐにかけたところ彼女は元気な声でこう話しました。

「アジア放浪の旅をしていて、今関西国際空港に戻ってきたところなんです！」

がん治療中なのにアジア放浪？　今関空？　いろいろびっくり仰天です。

そして、明後日からは東京に行って、明々後日に講演をして、その翌日に順天堂に入院して手術するんです……と明るく言うのです。「明日はなにをしているの？」と聞くと、「ちょっとハゲかけているのが気になるから、朝10時に美容院に行く」とこれまた明るく言う。とっさに、「その美容院にわたしも行ってもいい？」と言ってしまいました。

そのときは、なにかに突き動かされているようでした。この子に絶対に会いたい、今会っておかなくちゃいけないって、ピンときたのです。

電話をしたのは土曜日の夜。電話を切ってすぐ、当時の厚生労働省キャップの庭野めぐみさんに電話をかけて説明し、「企画として成立するかはまだわからないのですが、彼女が住む大阪に行かせてください」とお願いしました。庭野さんは、闘病中も支えてくれ、いつもやりたいことを全力で応援してくれる上司。また、その月からタイミングよく厚生労働省の担当になったので、大手を振ってがんや医療のテーマを取材できるようになっていたことも幸いし、「すぐに行ったほうがいいね」と背中を押してくれました。そして翌日、朝一番の新幹線でカメラ片手に大阪に行き、気づいたら「はじめまして」の瞬間からカメラを回していました。

そこから丸1日、彼女につきっきりで取材しました。たくさん撮って、たくさん話して……「あれ、今日美穂さんどこに泊まるの？」と言われるまで、終電がなくなっていることに気づかないくらい魅了されていました。結局、彼女の家に泊めてもらい、「おやすみなさい」と電気を消す瞬間までカメラを回し続けました。

絶対に、彼女の生きざまを伝えたい。彼女の許可を取って、当時の「ＮＥＷＳ ＺＥＲＯ」の番組デスク・大橋邦世さんに「どうしても放送したい」と頼み込み、翌朝一緒の新幹線に乗り、講演会のもようも、順天堂大学医学部附属順天堂医院に入院し手術するところも撮影させてもらい、手術が無事終わった夜に放送しました。この間、わずか10日ぐらいです。

放送の反響は予想以上に大きく、その後も継続して彼女を見続けたい、応援したい、勇気をもらったなどという声がたくさん届きました。

彼女のすごさは、そのあまりに自然で前向きな生き方。

「がんはなくなってほしいけれど、あっても別に悪さをしなければいい」と言いきる。「再発したり転移したりしたら、とりあえずは落ち込むけれど、仕方がない。悩んでいる暇があったら今を楽しく生きたほうがいい」と、行きたいところに行き、やりたいことをやる。

わたしは当時、手術をしてから6年が経っていましたが、それでもどこかで再発や転移をしないかと怯え、不安を抱えていました。これだけ経ってもビクビクしているのに、渦中にある彼女は、「わたし、全く死ぬ気がしないんだよね」と笑っているのです。

好きなことをして、笑って……「がんに人生を支配されていない」彼女との出会いは、わたしにとって衝撃的でした。体はつらいはずなのに、周りにそれを1ミリも感じさせないほど輝いていて、まぶしいぐらいでした。

はじめて会ったその日に、彼女の家で雑魚寝しながら言われたことが、今も強く心に残っています。

「どうしようもなく憤りを感じることもあるよ。でも、人生はね、一度きりなんだよ。それはね、みんな平等なの。誰だって、この人生がいつまで続くかなんて、わからないの。今を生きて、今を楽しまないと」

弘子ちゃんとは、一緒にたくさんの冒険をしました。

「ダイビングのライセンスを取りたいから、一緒に沖縄に行こうよ！」と言われて宮古島に行ったり、「今週末、富士山に登りたい」と突然言い出す彼女と一緒に山頂からご来光を拝んだり。「会社員だから、すぐには休めないよ」と言うと「じゃあ取材にしちゃえばいいじゃん」といたずらっぽく笑う彼女の表情が忘れられません。

彼女は、「死ぬ気がしない。80歳まで生きる！」と言う一方で、「『今日が最後かもしれない』と意識している」とも話し、わたしも闘病からしばらくの間はそういう気持ちで生きていたのを思い出させてもらいました。「この人と会えるのは最後かもしれない」と思うと、ささやかなやりとりも貴重に思えてくる。「ここにこられるのは最後かもしれない」と思うと、どんな場所も名残惜しくなってくる。「最後かもしれない」と思うと、この世界が愛おしく思えてくるのです。

取材に行った彼女の中学校での講演で、彼女が「もしかしたらもう二度と会えなくなるかもしれないと想像してみて。親や友だちとケンカしたままバイバイするなんてことはしないようにね」と語りかけていたシーンが強く心に残っています。がんになっていてもいなくても、人生は一期一会、次があるなんて保証はどこにもない、と。

そして、その言葉通り、彼女は今を大切に、丁寧に生きる気遣いの人でした。その明るさの裏には、家族や友だち、そして治療に携わってくれる医療者など周りの人を極力心配させたくないという優しさがあり、わたしもどれだけ救われていたことか。最後に緊急入院したときも、きっと目を覚まして、「驚かせてごめん！　今度は◯◯に行こうよ！」と笑顔で言ってくれると信じていたくらい。そんな弘子ちゃんのことが、大好きでした。

自分の過去を引き受ける

弘子ちゃんには、「闘病時代の自分と向き合う」きっかけももらいました。はじめて彼女の企画を放送した1年後の2015年7月に、「NEWS ZERO」の特番として、彼女についてだけでなく、わたし自身の闘病も描いたドキュメンタリー番組「Cancer gift がんって、不幸ですか～」を制作、放送したのです。

弘子ちゃんにはその後も密着を続け、定期的に「news every.」や「NEWS ZERO」などのニュース番組の中の企画として放送していました。そして、当時の社会部部長・横山武信さんに「特番を目指そう」と言ってもらい、会社の番組企画募集に応募したところ、通過。「そういえば美穂の闘病のときの素材も、あったよね？」という話になり、「『がんを経験した記者』の視点で、彼女のどこをそんなに特別に感じているのか、2人のやりとりも含めて描こう」という話になったのです。

実は、それまで放送していた企画でも、記者であるわたしががんを経験している前提で彼女に問いかけたり、彼女が話しかけてきたりするシーンがたびたびありました。でも、数年前の苦い思い出から、わたしが闘病していたことを前面に出すのはＮＧだと思っていたのですが、時を経て、状況が変わったのです。

闘病時代、主に忠さんが撮ってくれた映像は、ビデオテープ20本以上。いつか活かしたいと思ってはいたものの、日本テレビにいる限りはお蔵入りだと思い、ずっとクローゼットにしまい込んでいたものでした。

自分で選ぶといいところしか見せたくなくて、「あれもダメ、これもダメ」となってしまうだろうから……と言われ、わたしのパートの編集は制作チームにお任せすることにしたのですが、編集を前に、勇気を出して、テープを見てみることにしました。

編集前の「素」のテープなので、ただただ闘病時代の自分の様子が流れ続ける。

……自分では受け入れがたい、取り乱した姿もたくさん映っていました。

それは本当に、本当に、つらい作業でした。抗がん剤治療中に熱を出して「死にたくない」と泣き叫んでいるシーンがあったかと思えば、たまたまカメラが録画状態のまま置きっぱなしになったテープには「もう死にたい」と自宅マンションから飛び降りようとしているシーンまで映っていて、当時の絶望的な気持ちと、家族や周りの人にどれだけ迷惑をかけたかを改めて思い知って途中で見られなくなり、丸2日間寝込んだほどです。

数日後、ようやく編集所に足を運んだのですが、編集された映像を見て再び大きなショックを受けました。寝込んだ原因となったショッキングでディープなシーンがそのまま映し出されていたからです。

見始めた瞬間から、「絶対にイヤ！　こんなの出さないで！」と涙ながらに訴えました。しかし、制作チームにこう諭されました。

「自分のことだからそう思うだろうけれど、記者の目線で見たらどうだろう。この映像が撮れているのに、流さない選択肢ってあるかな？」

それまで取り乱して反対していたのに、この言葉が、腑に落ちました。がんになった意味を問い続けた、ここまでの7年間。いつかは活かしたいと思っていた闘病経験。この番組はまさに、がんを経験した自分にしかつくれないものではないか。そう気づいて、すべてをさらけ出す覚悟が決まりました。

弘子ちゃんとわたしのパートが半分ずつとなった特番。見た人から引かれてしまったり拒絶されたりしてしまうのではないか。放送のそのときまで不安で仕方がありませんでしたが、放送してみると、伝えたかったことが想像以上に伝わったことがわかる反響をたくさんいただきました。

つらく、悲しい経験と向き合うのは本当にしんどかったですが、映像を見ながらとことんまで落ち込み、悲しみ、さんざん泣いたことで、憑きものがストンと落ちたような感覚がありました。認めたくない自分もさらけ出し、向き合うことで、ようやく過去を引き受けることができたのです。

表面上はもうすっかりがんを乗り越えたつもりでいたけれど、実際はものすごく引きずっていたのだと気づけたのも収穫でした。こんな思いを抱えたままマギーズ東京をオープンしていたら、いつか自分の中でひずみが生まれていたかもしれません。過去の自分と向き合い、複雑に絡み合った気持ちを紐解いて浄化させるために、必要な経験だったのだと思います。

同時に「初心」を思い出すこともできました。

がんになった当初は、朝目が覚めて、家族の顔が見られれば、それが最高の幸せだと思っていました。この幸せが1日でも長く続くことを、心底願っていたのです。

しかし、のど元過ぎれば……というように、時間が経つごとにそのときの気持ちは薄れ、どんどん欲張りになっていた自分に気づかされました。

闘病していたころ、少し心が持ち直しているときは、いつもこう祈っていました。

「もし元気になれたら、今の自分と同じように苦しい思いをしている人たちのためになれるような生き方をします。だから、神様、どうかわたしを生かしてください！」

今、わたしはあのとき心から願った日々を生かされているんだ——。

今生きていることは、当たり前じゃない。そのありがたさを改めてかみしめることができた、いい機会でした。

あきらめずやり続ければ、いつか叶う

2015年4月、ちょうどドキュメンタリーの制作を前にふさぎ込んだり、編集のために忙しく走り回ったりしていたころ、無事「NPO法人マギーズ東京」が発足しました。秋山さんとわたしが共同代表のNPO法人です。

ようやく団体として認められた！　とうれしく思う一方で、もう後には引けないという思いもあり、ぐっと身が引き締まるような感覚がありました。

NPO法人をつくる際は、それまでの人生で出会ったあらゆる方に助言をいただきました。

中でも、政治部記者時代にNPO法改正の取材でお世話になった衆議院議員秘書である阪口祥代さんには、さまざまな知識をいただいただけでなく、細かい手続きも手

伝っていただきました。今は議員秘書を務めながら、マギーズ東京の事務局としてわたしの秘書のような役割もしてくれています。彼女のようにさまざまな知見のある方々がわたしたちに手を差し伸べ、足りないピースを埋めてくれました。

そして翌2016年1月に、着工。同年10月に「マギーズ東京」がオープンすることに。

ここに至るまでに、土地を探したり建築を考えたり、資金を集めたりと奔走してきましたが、まだマギーズセンターの本場を訪ねられていませんでした。マギーズセンターのことはとことん調べ、理解し尽くしているつもりでしたし、本部とはマギーズ東京をつくるために頻繁に打ち合わせを行っていたのですが、実際のセンターを訪ねたのは2014年に出向いたマギーズ香港のみ。

ちょうど秋山さんと、マギーズ東京に常勤することが決まっていた臨床心理士の栗原幸江さんが英国マギーズで2週間の研修に入っていたこともあり、「マギーズ東京がオープンする前に、ぜひ本場を体感しておきたい！」と考え、２０１６年のゴールデンウイークに渡英。せっかくだからと宮井ディレクターにお願いして半ば無理矢理ボランティアで付いてきてもらい、５日間で英国内にある７カ所のマギーズを回って撮影もするという弾丸ツアーを決行しました。

英国では、マギーズの存在感を改めて認識させられました。マギーズがある街では、マギーズのことを誰もが知っています。タクシーに乗っても駅員に聞いても、街ゆく人に道を聞いてもすぐに「ああ、あの素敵な建物よね」とわかる。マギーズの存在が、地域に溶け込んでいるのです。

マラソンイベントなど、地域住民がマギーズのためにイベントを企画して、その収益をマギーズに寄付するということも、普通に行われている。地域がマギーズと一体になり、皆がマギーズのコンセプトに賛同し、支援しようとしていることに驚かされました。

それぞれのセンターを訪ねて、マギーズの「場の持つ雰囲気」にも圧倒されました。

センターごとに建物を設計した建築士も違うし、レイアウトも全然違うのに、中に入るとどのセンターも同じ、あたたかな空気が流れているのです。そこにいるだけで、優しさに包み込まれて、「いつまでもここにいていいんだよ」と言われているようで、心が浄化されていくのがわかるのです。

この「雰囲気」を言葉で説明したいのですが、なんとも難しく……これはかりは体感してもらわないと共有できない感覚なのです。

とても家庭的で、仲のいい友だちの家に遊びに来たような感覚。そして、スタッフがつらさや痛みをすべて受け入れ、人生まるごとハグしてくれているような……。スタッフは皆、それぞれの立場のプロフェッショナル。そして素晴らしい傾聴力とホスピタリティを持っているからこそ、この雰囲気がつくり出せるのでしょう。マギーズの素晴らしさに感動する一方で、「東京で同じ雰囲気が出せるだろうか……」と不安も感じたほどです。

でも、この英国での体験があったからこそ、帰国後、スタッフ一丸となって「絶対にいいセンターをつくる！」と決意を新たにすることができました。

なにより、「暮らしの保健室」をつくる前からずっとマギーズとコンタクトを取り続けてきた秋山さんの存在が支えになりました。彼女と、彼女のチームがつくり出すあたたかさは、何物にも代えがたいもの。英国マギーズ本部も「秋山さんがセンター長になるなら」とマギーズ東京の開設を認めてくれたのです。そして、渡英しての研修のみならず、月に1回スカイプ会議を通じて、20年間の知見に基づいてアドバイスをくれることにもなりました。


秋山さんを中心に、マギーズ東京を成功させるにはなにが必要なのか毎日のようにミーティングを行い、その内容をブラッシュアップし続けました。

そして、スタッフも厳選しました。マギーズの考えに賛同し、実際にあの雰囲気を生み出せるような包容力を持ち合わせた方はすぐに見つかるわけではありませんが、ここで妥協しては目指すセンターは築けません。公募はせず、秋山さんの人脈や、マギーズ東京ができることを聞いて集まってくれた医療関係者を中心にお手伝いいただくことになりました。

はじめは国際会議で耳にしたマギーズの存在。そこから秋山さんに出会い、秋山さんが医療面を中心に担当、わたしが場所探しや資金調達、広報活動を中心に担当と、2人が両輪となって夢が現実となっていきました。その間、どれだけ多くの人たちに支えていただいてきたか、計り知れません。

英国マギーズ本部とのスカイプ会議でよく言われ、励まされている表現があります。「『Baby steps』でいいから前にね」という言葉です。「ベイビー・ステップ」……赤ちゃんのような小さな一歩一歩でも、歩み続ければこんなにも前に進むことができるんだと教えてもらっています。

具体的に想像できる夢は、実現できる

そして2016年10月10日、東京都江東区豊洲に「マギーズ東京」がオープンしました。

秋山正子さんや多くの仲間とともに、日本での「マギーズセンター」オープンのために奔走すること2年半。喜び、感謝、感動、安堵、そして緊張……さまざまな思いを抱えながら、この日を迎えました。

敷地面積約450平方メートルの中に、長方形の平屋2棟を平行に並べたレイアウト。その全体を建築家の阿部勤さんが監修してくださいました。

「第二の我が家」のように愛されるよう、建物や内装は木のぬくもりを大切にし、周

囲にも草木を植えて、落ち着いたあたたかみのある雰囲気にこだわりました。

2棟の間をつなぐ渡り廊下の左右には緑が溢れる庭。2棟の内部から常に庭を眺められる、開放感あふれる空間も意識しました。広々としたデッキもあり、気候のいいときには、陽の光を浴びたり、遠くの景色を楽しんだりすることができます。

実は当初は、建物はコスモスモアが設計してくれた本館1棟だけの予定でした。マギーズ東京のプロジェクトメンバーである佐藤由巳子さんが、日建設計が設計した「木のギャラリー」が廃棄されることを聞いてきて、それを本館の横に移設することでマギーズ東京の「アネックス棟」が誕生しました。この2棟が調和するように阿部さんが監修してくださり、まるで一対のような建物になっています。

がん患者と、その家族、友人が「自分の力を取り戻す」居場所。こういう施設が日本にできたことを広く知ってほしくて、オープン当日にオープニングイベントを開催することに。そして、その告知には力を入れました。

プレスリリースはわたしの担当。これまで記者として毎日何十通ものリリースに目を通してきましたが、そのうち実際に取材に行くのは多くて数通。どういう内容であれば取り上げてもらいやすいか考え、リリースをつくり、さまざまなメディアに送りました。もちろん、私が所属していた厚生労働省や都庁の記者クラブでもリリースを配布しました。

ありがたいことに、オープニングイベントは大盛況。患者、家族、医療関係者、支援者、友人知人、マスコミと、さまざまな立場でこの日を待ち望んでくださっていた少なくとも１０５０人もの方にお越しいただき、最高のスタートを切ることができました。その冒頭で、おこがましくもテープカットをさせていただくことになりました。

来賓を快く引き受けてくださった塩崎恭久厚生労働大臣（当時）や山﨑孝明江東区長、マギーズセンター第1号の「マギーズエジンバラ」センター長のアンドリュー・アンダーソンさんや、マギーズ東京のセンター長になることを引き受けてくださった秋山さんなどとともに壇上に上がると、皆さんのあたたかな顔、顔、顔……。
ずっと応援してくれた家族や主治医の吉本賢隆先生、ともにがんと向き合ってきた仲間たち、「日本にもマギーズを」という夢に呼応し、支援や伴走してくれた多くの方々の顔を見ていたら、こみ上げるものがありました。

――ああ、わたしががんになったことに、意味はあったんだ。

そう思えた瞬間でした。

イベントは、どなたでも楽しめてつながれるようなフェスっぽい仕立てにしたくて、がん経験者のファッションショーやフラダンスショー、ライブなどを開催。わたしがはじめてがんのことを公の場で話したイベントをプロデュースしていた、NPO法人Ｕｂｄｏｂｅ代表理事の岡勇樹さんにステージの設営や運営をお願いしたり、がんになる前からの友だちだった山下貴嗣さんが経営するＭｉｎｉｍａｌにマギーズ東京への寄付つきチョコレートを開発してもらって出店をお願いしたほか、闘病中からずっと見守ってくれていた日本テレビの元上司、竹下洋さんが日本テレビアートのＣＳＲ

として同僚を巻き込んでマギーズ東京とその周辺をフェス会場に仕上げてくださるなど、それまでゆかりのあった方々にたくさんお手伝いいただきました。

また、編集者やライター、デザイナーなどのプロフェッショナルな仕事をする方々にプロボノでの参加を呼びかけて、マギーズに来られない方にもその思いが届くようにと「ＨＵＧ」という雑誌も創刊。印刷費は日本財団に助成いただき、雑誌の売り上げはすべてマギーズへの寄付になる形にして、イベント当日から発売を始めました。台風が近づいていたために風は少し強かったのですが、雨も降らず心地いい気候の中で、参加者に楽しんでいただくことができたと思います。

この日のことは、期待以上に各メディアで紹介していただきました。

後日、「テレビで見た」と声をかけてくださった方は多く、「新幹線の電光掲示板で知った」という方が訪ねてきてくださったり、新聞記事を見て「どうしてもここに行きたい」と娘さんにお願いし、連れてきてもらったという高齢のご婦人がいらっしゃったり。メディアの力を再確認するとともに、「やはり日本でも、マギーズのような場所が求められていたんだ」と実感しました。

現在の来訪者は1日平均20~30人ほど。オープンから2年が過ぎ、約1万4000人もの方に来訪いただいています。予約の必要はなく、闘病中の方や闘病は終えても不安を抱えている方、そしてその家族などがふらりと立ち寄ってくれています。オープン時間は、平日午前10時から午後4時までですが、月1回土曜日にはもっと気軽に見学にもお越しいただける「オープンマギーズ」を設け、今年度からは江東区の委託を受け、第1金曜日に午後6~8時もオープンする「ナイトマギーズ」もスタート。「平日には来られない」「会社帰りや病院の帰りに寄りたい」という方の声に、これからもっと応えていけるようになりたいです。

がん医療の専門家が来訪者の話に耳を傾け寄り添う「マギーズ流サポーティブケア」は評判を呼び、周辺の病院の医師などからのご紹介でお越しくださる方も増えてきました。食事や栄養、心と体のリラクセーション、ノルディックウォーキングなどのプログラムも人気で、多くの方々にご参加いただいています。「ここに来るとリラックスできて不安が和らぐ」「はじめて気持ちを吐き出せて楽になった」「混乱していた頭を整理できた」などの声を聞くたびに、「マギーズをつくることができて本当によかった」と思います。

ただ、マギーズ東京はまだまだ発展途上。マギーズをご利用いただく方々にはお金をいただかないで、ご寄付と助成金でスタッフを雇って持続的に運営し続けること自体が大きな挑戦ですが、やりたいことは、まだまだたくさんあります。

まずは、本場英国と比べて遜色ない、あたたかく、来る人を包み込むような雰囲気を追求し続けたい。英国のどのセンターに行っても感じることができた、心から癒され、浄化され、ほっと安心できる感覚を、東京でもクオリティ高く実現したいと思っています。今のセンターはパイロット版ですでに手狭に感じ始めているので、ゆくゆくは拡大するか新しいセンターを建て、より「本物」を目指します。

マギーズを広く知ってもらうための活動にも、引き続き注力したいと思っています。

理想は、がん患者やその家族だけでなく、がんになったことがない、身内や近しい人にもがん患者がいない、いわゆる一般の人にも広く認知してもらうこと。「もし将来がんになっても、あそこに相談することができるんだ」と思ってほしいのです。もしも将来がんになり、ショックと不安で打ちひしがれているときに、「そういえば」と思い出してもらえるような……暗闇の中の灯台のような存在になりたいと思っています。

そして、マギーズ東京が遠くて来られない方々にもサポートが届く体制をなんとかつくりたいと画策しています。今、全国各地にマギーズをつくりたいというプロジェクトが立ち上がっています。マギーズをつくるまではいかなくても、マギーズについて学びたい、「マギーズ流サポーティブケア」を自分の仕事に活かしたいという医療関係者の方向けの研修も始まっています。

厚生労働省や都庁など行政でも、複数の審議会や検討会に委員として出席させていただける機会が増え、よりよい政策につながるように積極的に発言しているほか、地域のリソースやがん診療拠点病院にあるがん相談支援センターなどがもっと活用されるように、お声がけいただけたらどこにでも伺ってお話をしています。

また、分断されがちな医・産・官・学・民など各立場で尽力している人がもっとつながって課題を共有し、力をかけ合わせることができれば、より解決に向かいやすくなるのではと感じてきました。そこで、闘病中に読んだ著書に感銘を受けてご連絡して以降この思いを長らく共有してきたアメリカ・テキサスのMDアンダーソンがんセンター乳腺腫瘍内科教授の上野直人さんや、京都大学iPS細胞研究所の医薬学博士・三嶋雄太さんをはじめとする業界を超えた仲間とともに、がんにまつわる課題をテーマごとに共有し、ともに解決を目指す「CancerX（キャンサー・エックス）」という新たなプロジェクトを立ち上げました。2019年2月に、そのキックオフとなるイベントを開催したばかりです。このプロジェクトも大切に育て、各方面から「がんと言われても動揺しない社会」をつくっていきたいです。

さらに言えば、世の中の課題はがんだけではありません。がん以外にも認知症やうつ病などの病気のほか、難病や障害などでサポートを必要としている人はたくさんいます。親を早くに亡くしてしまった子ども、児童虐待を受けた子ども、自死遺族や犯罪被害者の遺族なども、精神的なケアを必要としているはず。わたしが「がんの先輩たち」に救われたように、そういう方々にとっても「先輩」の存在はとても大きいし、マギーズのようななんでも相談できる、心から癒される場は必要だと思うのです。

今後は、どんなつらさを抱えた人も、そこに行けば寄り添い、支えてくれる人がいるコミュニティをオンライン・オフライン問わずにつくっていきたいと思っています。

それは、街やテーマパークみたいな場所かもしれません。理想は、「社会全体がマギーズのような場になる」ことだと思っているのですが、周りの人と少し違いがあるだけでも孤独を感じやすいこの時代に、誰もが居場所を見つけられる社会をつくっていきたいです。

街や社会をつくっていくなんて、もはや想像を超え、妄想の域だと自覚はしています。わたしの残りの人生を全部捧げてもたどり着けなさそうな、壮大すぎる夢。でも、

「想像力」は、物事を実現するためには重要だと思っています。マギーズ東京を実現できたのも、話を聞いてすぐに「こんな施設を日本につくれたら……」と強く、具体的に想像できたからこそ。想像さえできればそこに向かってできることは無限にあり、あきらめずに挑戦し続けていればいつかたどり着けると信じています。

　これからも、やりたいことが見つかったらどんどん具体的に想像したい。そしてかつての想像を超えていく、くらいの気持ちで歩み続けたいと思っています。

試練は、
それを経験した人にご褒美をくれる

２０１７年10月に入籍しました。そして冒頭で紹介させていただいたように、無事に結婚式を挙げることができました。

夫との出会いはマギーズ立ち上げ準備の真っただ中の、２０１６年3月。勉強会で出会い、意気投合。そして数カ月後にはお付き合いすることになりました。

でも実は、それまで長らく、恋愛に対して臆病になっていました。手術をしたため右胸の代わりに手術跡がある。ホルモン治療の影響で太ったし、止まった生理がいつ戻ってくるかもわからない。世の男性は、健康な女性のほうがいいに決まっているんだ――。がんを理由に大きなコンプレックスを負ったわたしにとって、「恋愛」は史上最大の難関に思えていました。

がんを告知された日に東北から飛んできてくれて、闘病中のわたしを支え続けてくれた彼とは、その後別れてしまいました。がんが理由ではなく、遠距離の中でそれぞれの仕事が忙しく、すれ違いが続いて別れを選んだ……ということにしていますが、子どもをほしがっていた年上の彼にまだ生理が戻ってこないとも言えず、自分の人生を背負わせては申し訳ないという気持ちが膨らんで、でもそういった気持ちを正直に打ち明けられずに向き合うことから逃げてしまったところがあったと思います。お互い別々の道を歩むことになりましたが、彼がいなかったら闘病は乗り越えられなかったと、心から感謝しています。

そして、闘病から数年が経ち、再発・転移への恐怖も和らぎ、仕事も社外活動も活発にできるようになってきて、「そろそろちゃんと恋愛したい」と思い始めたころ、いいなと思う男性が現れました。向こうも少なからず、思ってくれているのはわかっていました。

それまでは、「もし誰かと恋に落ちてお付き合いしても、もし再発したら相手がかわいそうだ」などと悲観的に捉え、二の足を踏んでいたのですが、はじめて「この人なら、きっとわかってくれる。そろそろ、ちゃんと踏み込んでみよう」と思えました。そして、告白をしてくれたタイミングで意を決して打ち明けたら、「話してくれてありがとう」と一言言われたまま次の日から連絡がなくなり、ものすごくショックを受けました。

それからしばらくは、いいなと思う男性が現れても、出会って間もない段階で敢えてがんの経験を話すことは憚られ、だからといって何回かデートを重ねていざお付き合いしようという段階で打ち明けて相手がOKをしてくれたとしても「本当は嫌だけれど無理して付き合う」みたいにならないか……などと悩み、結局そのギリギリのタイミングで自分から逃げるという、相手からしたら意味不明だっただろう行動を繰り返してしまう時期が続きました（そのころにわたしとデートをしてくださった男性、本当に申し訳ありませんでした！）。

でも、やっぱり寄り添える人がほしいと意を決して恋愛市場に再び乗り出してみても、がん経験を正直に伝えると見事に玉砕。出会って間もない段階で「わたし、以前がんになって……」と伝えたところ、それまで毎日のように連絡をくれていたのに、いきなり音信不通になった男性もいました。「大変だったね。でも一緒に向き合う自信がない」とか、「俺はいいけれど、うちの親が受け入れられないと思う」などと言われたこともありました。

いずれも相手の立場に立つと気持ちがわかるので誰のことも責められないのですが、女性として最も恋愛盛りの20代半ばから「アラサー」の時期に「恋愛難民」状態に陥ったことは、若くしてがんになったことの最も大きな弊害のひとつでした。ただでさえ「恋愛」は難しいのに、がんになったらもっと難しい。「がんになると『本物』しか近寄ってこなくなる!」と教訓めいたことを言えるようになったのは最近のことで、当時は本当にキツかったです。

でも、思い返せば、うまく恋愛ができなかったのは、がんのせいではなく、わたしのせいかもしれません。がんになったことに大きなコンプレックスを感じ、自分で勝

手に線を引いていたから、打ち明けるときにひどく重たい言い方になってしまってい
たのではないかと思います。

そんなふうに恋愛にブレーキがかかってしまう分、仕事や社外活動にアクセル全開、精を出す生き方にシフトしていたところで出会ったのが、夫の濱松誠です。彼はパナソニックに勤めながら、「ＯＮＥ ＪＡＰＡＮ」という大企業の若手・中堅ビジネスパーソンの働き方を考える有志団体の立ち上げ準備をしていました。

きっかけは、友人主催のイノベーションの勉強会で、彼から「マギーズのプロジェクトをやっている鈴木さんですよね？」と声をかけられたこと。クラウドファンディング中に取材を受けて掲載された「ａｎｏｔｈｅｒ ｌｉｆｅ.」というウェブ媒体のインタビュー記事を、「読みました！」と。

つまり彼は、わたしががんになったことをすでに知っていたのですが、気を遣うこともなく、「あの写真、めっちゃ写り良かったですね！」などとフランクにどんどん

懐に入ってきて、いつの間にか、彼のペースに乗せられていました。「実物を目の前にして『写真写りがいい』だなんて失礼すぎる！」なんて笑いながら。

そして、彼が勤めるパナソニックは、日本テレビよりもお堅いイメージがあったので、「彼はどうやって仕事と社外活動を両立させているのだろう」と興味を持ちました。ちょうど記者業とマギーズ立ち上げ準備に追われていた時期だったので、「両立のノウハウを共有し合い、相談し合おう」と、後日原宿で一緒にランチをすることになりました。

しかし当日、テーブルについたとたん、彼に電話がかかってきて20分ぐらい離席。ようやく戻ってきたと思ったら、「本当にごめん！」と謝りながらノートパソコンを取り出して仕事をし始めたのです。結局、合計1時間ほど、わたしをほったらかしで仕事をしていました。

会うのは2回目なのにコレって、この人は女性としてのわたしには全く関心がないんだなあ……と苦笑してしまいました。気になる女の子が相手ならば、ここまで放置はしないよね、と。

ただ、わたしもちょうどマギーズ立ち上げ前の忙しいとき。「大丈夫。わたしもやることたくさんあるから」と、彼の目の前でずっとメールの返信をしていました。雑務を済ませることができて、ちょうどよかった！　むしろパソコンを持ってくればよかった！　ぐらいの気持ちでした。

ようやく彼の仕事が終わり、再び「本当にごめん！」と謝られると同時に、こう言われました。「1時間も待たせているのに全く怒らず、こんなに寛大に受け止めて、自分の仕事をやりながら待ってくれる女性はなかなかいないよ」

……普通の女性だったら、「1時間も待たせて、なにこの人!?」と思うかもしれません。でもわたしはこの瞬間、「この人、いい！」と思いました。なぜなら、彼があまりに自分そっくりだったから。

わたしはがんになる前も復帰後も、基本的には「超仕事人間」。デート中でも友人とご飯を食べていても、仕事の電話がかかってきたら「ちょっとごめん」と言いながらパソコンを取り出すような人でした。

みんなはじめは「いいよ、待っているよ」と言ってくれるのですが、しばらく経つと「……その仕事、いつまでかかるの？」「もう少し仕事をセーブしたら？」などと言われることが多かったのです（こう書いていて、がんが理由ではなく、仕事が理由で離れていってしまった男性もいたなと思い出しました）。もちろん、そう言われるのは当然のことで、わたしもできるだけ控えるようにしていましたが、やっぱり仕事の電話には出たいし、「こんなことがあるみたいだからすぐに確認して、確認でき次第原稿を出して」なんて言われたら、次のニュースには出せるようにすぐに対応したい。「仕事が入った」と途中で帰ったり、ちょっとトイレに……なんて誤魔化しながらコソコソ電話していたこともありましたが、そんな自分にモヤモヤした思いを抱えていたのです。

やりたいときに堂々と仕事をして、それを認め合える関係っていいな。恋愛感情というよりも、彼はパートナーとして合いそうな人だな。そう思えました。この日会うまでは、彼のことをほとんど意識していなかったし、単に「同じような境遇で頑張っている人」という認識だったのに。

今考えれば、恋愛で何度も傷ついたからこそ、自分にそっくりな彼との出会いが、より新鮮で貴重に感じられたのだと思っています。そして、がんを経験し、マギーズを立ち上げようとしていなければきっと出会うことさえできなかった――そう思うと、彼との出会いは、それまでの試練を経験してきたご褒美のように思えてくるのでした。

「運命」を感じたら、自分から一歩踏み出す

この日を境に、彼とはちょくちょく電話やSNSでやりとりするようになりました。わたしはその年の10月にマギーズ東京のオープンを控え、彼も9月に「ONE JAPAN」発足予定。置かれた境遇が近しく、悩みや不安のフェーズも似ていたので、話が盛り上がり、やりとりがとても楽しかったことを覚えています。

しかし、次に会えたのは1カ月後。しかも、その日は夕飯を食べる約束をしていたのに、当日になって「人事の勉強会の懇親会が入ったから22時からでいい?」と。どれだけ自由なの！　と心の中で突っ込むとともに、ああ、わたしのことは本当に眼中にないんだな……と少しだけ寂しさを覚えました。

でもわたしは、基本的にはドタキャンも待たされるのも全然平気。事情はすごく想像できるし、仕事柄、朝回り夜回りで待つのは慣れっこ。常にやりたいことは溢れているし、「自分の時間ができた！」と前向きに捉えるタイプ。なのでこの日も自分の用事を片付けてからスッキリして行くことができ、気づいたら22時から3時くらいまで話し続けていて驚きました。

そしてさらに1カ月後。その年の7月に都知事選があり、都知事選取材チームに入っていたわたしは「選挙の日までは忙しい」ことを伝えていました。すると、「都知事選が終わったら、お疲れ会をしよう！」と連絡がきました。

ずっと仕事漬けの日々が続いていたので、解放されたい気持ちもあり、「ちょっとした非日常を味わいたい」と伝えたら、わたしのために丸々1日空けてくれるとのこと。そして、彼が「行ったことがない」という鎌倉に行くことになりました。

はじめて会ったのは3月で、次にランチをしたのが5月。深夜に話し込んだのが6

月。わたしはいいなと思っていたので、4回目にして、ようやくデートらしきものをすることになり、ワクワクしたのを覚えています。

名所を回りながら、ランチをしながら、お互いのこれまでの人生や仕事のこと、今後の目標など、いろいろな話をしました。その中で彼の恋愛観も聞くことができたのですが、その内容がなかなかすごかったのです。

「おれにはやりたいことがたくさんあるから、彼女ができても1カ月ぐらい会えなかったりして、寂しい思いをさせてしまう。だから今は彼女はいらないと思っている。40歳ぐらいまでは結婚もイイかな」なんて無邪気に言うのです。あまりにわたしの気持ちに無頓着なので、逆に面白くなってきてしまいました。

そして夜の7時過ぎにわたしの自宅の最寄り駅に送ってくれたのですが、「わたしのために1日空ける」と言ってくれていたので当然夕食も一緒に食べられるものだと思っていました。なのに、駅に着いた瞬間、「ごめん、8時から30分間スカイプ会議しなきゃいけないから、帰らなきゃ」と。えーーーーっ!? なんか、さみしい……。

ここでわたしは今振り返っても人生最大級の勇気を振り絞りました。

「ここから近いし、Ｗｉ－Ｆｉも飛んでいるから、うちのリビングでやれば？　会議が終わったら空いているんでしょ？　ご飯でも食べようよ」（ちなみに、一人暮らしの家に誘ったのではなく、友人とルームシェアしている家のリビングです）

そうしたら「いいの？　時間が迫っているから、それはありがたい！」とあっさり来まして（笑）、彼の会議が終わったあとしばらく話をしたのですが、またも無邪気にこんなことを言われました。

「みほってぃ（当時そう呼ばれていました）は、友人なのかビジネスパートナーなのか、それとも恋人なのか夫婦なのか……形はわからないけれど、なにか一生いろいろなことを一緒にやっていけそうな運命を感じる」

そのくせ、わたしがかなりドキドキしながら「付き合う運命、という可能性についてはどう思う？」と冷静を装って聞くと、「お互いによく行く勉強会や集まりがあるし、もし付き合っていることが周りにばれて、しかもその後別れちゃったりしたら、やりづらくない？　みほってぃとはとても気が合うけれど、おれは恋愛が得意じゃないし、始めたあと壊れて今の関係がなくなるのはいやだ」と言うのです。まるでわたしが告白して、あっさり振られたような感じ。今度の恋も、ここで終わってしまうのかな……とあきらめかけました。

しかし、ここから自分でも予想しなかった展開が待っていました。

相手は彼女をつくる気も、当面は結婚する気もない。わたしも、今すぐちゃんとした恋人をつくってじっくり向き合う時間も心の余裕もない。でも、このまま終わらせてしまっては、たまに会って互いの現状報告をするだけの関係で終わってしまう。せっかくここまで気の合う男性に出会えたのに……。

そこでわたしは、なにを思ったか、とても斬新な提案に出ました。

「わかった！　お互いに今は忙しいから、マギーズがオープンして落ち着く10月まで、仮で3カ月間だけ付き合ってみるのはどう？　あくまで仮契約で！」

「恋人にならない運命」だったとしたら3カ月後に「やっぱり友だちだったね」で終わるだろうし、逆に「意外と気が合うし、恋人としてちゃんと付き合ってもいいかも」となるかもしれない。そして、たとえ友だちで終わったとしても、たまたま仮契約してみてそれが満了して契約に至らなかった……というだけで、別れたことにもならない。周りにも言わずに、とりあえず仮で付き合ってみるのはどう？　と。

我ながら、新しい発想。自分でもびっくりしました。

ただ、もし「恋人になる運命」の可能性があるならば、一歩踏み出してみないと今のわたしたちではなにも始まらない。たとえ「仮」でも、まずはその方向に踏み出してみることが大切なんじゃないか、と思えたのです。

意外にも、彼はすぐに受け入れてくれました。「いいの？　女性からそんな提案をされるのははじめて。仮でも良かったらやってみたい」と。そんなこんなで、とりあえず3カ月、仮で付き合うことになりました。

　そして、わかっていると思いながら、そのタイミングで改めて伝えました。「わたし、乳がんになったことが今でもコンプレックスで……手術もしていて……」と。すると彼は、「おれは父親がいない家で育って、それがずっとコンプレックスだったよ。でも、母親が愛情を持っておれたち3人の息子を育ててくれてとても感謝している。人は、誰でも表には見えなくてもなにかしら事情を抱えているもの。きっと相当大変だっただろうに、その経験を他人のために活かそうと頑張っているみほってぃを誇りに思うよ」と言ってそっと抱きしめてくれました。完全な惚気（のろけ）になってしまっていますが、「人の痛みがわかる人だ」と惚れ直し、「やっぱりこの人だ」と確信したのは言うまでもありません（笑）。

　果たして……その日を境に、なんと1日も欠かすことなく連絡を取り合うようになりました。
事前に「おれは多分、1週間に1回ぐらいしか連絡を取らないだろうし、きっと会うのも今までと同じペースだと思う」「わたしも忙しいから、それぐらいがちょうどいいよ」なんて話していたのに。

本業と、社外活動でお互い忙しいのですが、似たような活動をしているためか、家に帰る時間や睡眠時間など1日のタイムスケジュールや生活リズムがほぼ一緒で、連絡が取りやすかったのです。彼が最寄り駅から家までの帰り道に電話をくれるとき、ちょうどわたしも家に着いたところだったり。

夜、電話をしていてお互いの活動の話で盛り上がりすぎて、「この話題、電話じゃもったいなくない？」と私の家までタクシーで来てくれて、夜中まで語り合ったこともあります。「友人」だと、もっと相手の顔色をうかがうものなのでしょうが、たとえ仮でも「恋人」だから、相談したいときに連絡し、会いたいときに会う。それがこんなに心地いいんだ……と素直にうれしく、結局週に3、4回も会っていました。

そして、契約満了の１カ月前。９月１日に、仮契約の現状振り返りのための中間報告会を目黒川を散歩しながら行うことになったのですが、その場で本契約（＝お付き合い）することになりました。彼なりにこの間、きっといろいろ考えたのでしょう。忘れもしない目黒川沿いのベンチで、「付き合おう」と言われたときは、心臓が飛び出しそうになりました。

そして……１年後の２０１７年９月１日。付き合って１年記念に２人で奮発して泊まった「星のや軽井沢」でサプライズでプロポーズされたときには、号泣しながら「絶対結婚する！」と叫んでしまいました。もしいつかそのときがきたら、「はい、お願いします」と可愛くお返事するつもりだったのに、あまりにサプライズで本音が出てしまい、今でもネタにされています。

そして、翌月、わたしの34歳の誕生日前日に入籍。そして２０１８年９月１日には結婚披露宴を行いました。

この「本契約の日」は、わたしたちが人生のパートナーとしての運命を再確認し、ずっと一緒に生きていくと決意した日。これからも毎年、大切にし続けたいと思っています。

遠回りしたほうが
遠くまで行けることもある

このころ、仕事においても大きな出来事がありました。記者の私が、キャスター兼務になったのです。

2017年1月から、2018年6月までの1年半、隔週で「スッキリ」「情報ライブ ミヤネ屋」内のニュースコーナーを担当させていただきました。

今まで触れてきませんでしたが、わたしは実は、はじめはアナウンサー志望でした。きっかけは小学生のとき、担任の先生に「テレビのニュースって見てる？　鈴木さんはニュースの向こう側の世界が向いていると思う」と言われたこと。正直、テレビで見るのはドラマくらいでニュースはあまり見たことがなかったのですが、先生の勧めもあり実際に見てみると、海外から現地リポートする女性の姿が目に飛びこんできました。世界のことをたくさん知っていて、その一部を切り取ってテレビで伝える姿は、まるでスーパーウーマンのように見え、「いつかわたしも世界を駆け回って、世界中で起こっていることを取材し、テレビを通して多くの人に伝えたい！」と強く思うようになったのです。ただ、当時は知識が浅く、「テレビのニュースに出ている人は全員アナウンサーだ」と思っていたため、「アナウンサーになること」がわたしの夢になりました。

その後、親の都合で小学6年生からはアメリカ・シカゴに住むことになったのですが、いきなり行くことが決まったこともあり、英語は全く話すことができず、現地の学校では本当に苦労しました。それまでは、いつも友だちに囲まれていたのに、コミュニケーションをとることすらままならない。そんな中、支えになっていたのは「世界中で取材ができるようになるために、英語も頑張らなくては」という思い。そのころが人生で最も勉強していたと思います。

そして友だちもでき、授業も理解できるようになり、ようやく現地での生活を心から楽しめるようになったタイミングで帰国することになりました。

そのとき、中学3年生。帰国したのは高校受験直前の時期でしたが、短い期間のなかでアナウンサーになりやすい大学を調べ、その付属の高校を選び猛勉強して合格。そして、高校3年生のときには、大学3年生向けにフジテレビが開催した就職活動のセミナーに一人だけ高校の制服で参加して、数百人の就活生がいる中で「どの学部に進むのがお勧めか」と質問して驚かれるなど、夢へのこだわりは続いていました。

一方で、大学時代にバックパッカーとして30カ国ほどを旅する中で、世界中の争いごとや課題は、知ること、そしてその立場に立って想像できる人が増えれば増えるほど、解決に近づくのではないかと考えるようになりました。

そのためにも、世界に生きる人々の姿を取材し、自分の言葉で伝え、人の心を動かせるような番組をつくりたい。アナウンサースクールに通い、アナウンサーの登竜門とも言われる「日本テレビイベントコンパニオン」としてアルバイトもして、満を持してアナウンサー試験を受けましたが……キー局は全滅。日本テレビに至っては書類で落ち、面接に進むことすらできず、大きな挫折感を味わいました。

「報道記者」という選択肢にぴんときたのは、テレビ朝日の面接で。「あなたにとって、自分がテレビに出ることが優先か、それとも伝えたいことを伝えるのが優先か」と聞かれ、「伝えたいことを伝える、を優先したい」と答えたところ、「エントリーシートを見ていても、話を聞いていても、そうだろうなと感じました。アナウンサーは自由に取材に行ったり、番組をつくったりすることはなかなかできない。こういうことを伝えたいという明確な思いがあるならば、記者やディレクターのほうが活躍の幅が広がるので、あなたに合っているかもしれません」と。この言葉が、とてもしっくりきたのです。

そして、報道ドキュメンタリー志望として総合職で日本テレビを受けたところ、面接でも自分の思いを堂々と伝えることができ、とんとん拍子に選考が進んで、内定をいただくことができました。アルバイトや面接の過程で日本テレビに惚れ込んでいたので、その時点で就職活動を終了し、内定時代には、どこでなにがあっても自分ごとと思って取材ができるようにまずは全都道府県に友だちをつくろうと意気込んで、友だちの島野真希さんと日本縦断を決行。入社前に「時間はかかるけれど、記者やディレクターを経てキャスターになるという道もあり得る」と聞いていたので、「いつか自分の言葉で伝えられるときもきたらいいいな」と希望に胸を膨らませて入社しました。

しかし入社後、いざ報道局に配属されると、「記者が前に出ることを良しとしない」という雰囲気が強く、アナウンサーになりたかった過去、キャスターになりたいという夢はすべて封印。そして入社3年目にがんになり、夢どころか人生に対しても絶望的になった時期を経て、入社10年目の2016年11月。プロデューサーの小林さんから携帯に電話があり、「来年1月からキャスターをしてもらうからよろしく」と告げられたときは、本気で心臓が止まるかと思いました。そして、なにを伝えるかを決めてニュースコーナーの項目をつくる「デスク」業務も一緒にさせていただけるということに。それには自ら取材する記者経験が必要で、最初からアナウンサーになっていては難しかったかもしれない「自分で伝えたいことを自分の言葉で伝えられるようになりたい」という夢が、突然叶うことになったのです。

そして、わずか1カ月の準備期間を経て、翌年2017年1月4日にキャスターデビュー。全然間に合いませんでしたが急いでダイエットをして、4回のアナウンス研修をして、先輩方から丁寧に引き継いでいただいて、いよいよ当日。お借りした衣装を着て、メイク室で髪をアレンジしてもらい、報道フロアへ。「国際部」「政治部」「経済部」「社会部」「ネットワークニュース部」と各部署からどんなニュースがあるか聞いて項目を組み、出稿してほしい原稿のお願いに行く。そうして集まった原稿を読みこんで全体の調整をして、スタジオブースに立つと、いよいよ本番。

「おはようございます。今日からスッキリのニュースを担当します、鈴木です。よろしくお願いします」

まるで自分じゃないみたい。不思議な気分でした。

取材している現場からリポートする経験は何度もありましたが、同僚の記者が書いた原稿をカメラに向かって読むというのは未体験。ニュースを放送できるまでに記者やカメラマン、編集マンなどどれだけの人がかかわり、どれだけの人の伝えたい思いが込められていることか。そして、どれだけ多様な状況にある方が見てくださっていることか。そう思えば思うほど緊張は高まり、表情はガチガチ、言葉はカミカミ……今振り返ってもひどいものでしたが、とても感慨深い始まりでした。

後日、報道局長の袴田直希さん（現・長崎国際テレビ社長）に「なぜキャスターにしてくれたのですか？」と聞いたことがあります。はじめは「そんなの教えないよ！」とお茶目にごまかされましたが、「たくさんの修羅場を潜り抜けてきたからな」と一言。見ていてくれたんだ……と胸が熱くなりました。

アナウンサーの試験に落ちたとき、挫折感は味わったものの、目標を達成するための道が断たれたとは思いませんでした。就職活動を通じて、わたしがやりたかった「伝える」ということは、「アナウンサー」という職種でなくてもできると教えてもらい、自分により合っていると思う道に軌道修正したからです。さらに今なら、「伝える」場所はテレビだけではないし、制作会社や事務所に所属したり、フリーランスで活躍したりしている人をたくさん知っているので、テレビ局に入社することにこだわらなくても、同じ目標に向かうことができる道はたくさんあるとわかります。

目標に向かって自分の置かれた場所で目の前にあるやるべきことに一生懸命取り組んでいれば、見ていてくれる人がきっといる。回り回って、願うことすらなくなっていた夢に、最善の形で導いてくれることもある。そして、遠回りしているように思えても、そのほうが遠くまでいけることがあるのだと教えてもらった、とてもありがたい出来事でした。

点と点は思いがけないところでつながる

「スッキリ」に続き、1月9日には「ミヤネ屋」が始まりました。

宮根誠司さん
「タカさん今日からね、新しいキャスターの方に代わるんですけどね」

ガダルカナル・タカさん
「ということはまた、新しい被害者が……」

宮根さん
「被害者じゃない（笑）。新しい方に代わるんでね、皆さん応援よろしくお願いいいたします。緊張しないで読んでいただきたいんですけどね、たかだか日本全国3000万人か4000万人が見ているだけですからね」

林マオさん

「余計緊張しますから！」

宮根さん

「ということで、鈴木美穂さんよろしくお願いいたします」

鈴木

「よろしくお願いいたします。それではお伝えします」

「ミヤネ屋」では、大阪のスタジオにいるMCの宮根さんとのトークコーナーがあります。深呼吸して臨んだ初回は、宮根さんのフリで一気に緊張が高まってたじたじでした。でも、こうした宮根さんならではの面白くて予定調和ではないトークや、かゆいところに手が届く質問や鋭いツッコミで、ニュースコーナーなのに笑えたりほっと一息つけたり、より親近感を持ってニュースに接してもらえたりするので、ニュース原稿では伝えきれなかったことを伝えられるチャンス。ただ、事前の打ち合わせはなく、何を聞かれるかわからない中で、ニュースを読み終えたときに宮根さんから呼びかけられる瞬間はいつも心臓が飛び出そうなほどバクバク波打っていました。

特に、国際や経済のニュースは記者として取材をした経験がなかったので、なにを発言するにも自信がなくて怖い。それが表に出てしまい、何度困った顔を見せてしまったことでしょう。それでも時間の限り、それぞれのニュースの背景を調べ、専門家に電話をしたり取材した記者や担当デスクにヒアリングしたりして、なにをどの角度から聞かれても自分なりの言葉で話せるように、ニュースがわからないまま読むことはないように準備して臨むようになりました。

そのときにメモを書きとめニュースを整理したノートは、今でも大切にしています。

また、宮根さんには、ご一緒させていただくたびに多くのことを教えていただきました。番組中もわたしと、隔週交代でこのコーナーを担当していた岸倫子さんそれぞれの個性が出るように、懸命にさまざまな話題を振って盛り上げていただきました。
わたしが入籍した際にはスポーツ紙に「〝午後2時50分の美女〟が結婚」なんて誰のことかと思うような取り上げ方をしていただいて（実際にそんなふうに呼ばれたことは一度もなく、裏事情は教えてもらえていないままですが、きっとミヤネ屋のどなたかが売り込んでくれたものと推測しています）、赤面しながら結婚報告をする……そんな願ってもできない経験をさせていただいたことも心に残っています。そして、結婚披露宴では誰もが釘付けになる番組さながらの30分もの大作ＶＴＲをミヤネ屋チームの皆さんとつくっていただき、どうやって返したらいいかわからないほどのご恩を感じています。

最後まで原稿読みもトークも完璧と思える日はありませんでしたが、「読みは上手ではないけど、伝わります」というようなメッセージをかなりいただき、応援してくださる方の存在にはいつも励まされていました。そして、がんについてのニュースがあると、がん経験を踏まえてお話しさせていただくこともあったので、闘病中の方やそのご家族から「がんになっても社会復帰して活躍している姿を見て勇気をもらっています」「わたしもまだ人生終わりじゃないと励まされています」などとお手紙をいただくことも。「がんになった人のためになりたい」と今までさまざまな活動をしてきましたが、わたしの姿がオンエアされることが励みになるなんて思ってもみなかったので、お便りを読むたびに感激し、わたし自身が力をもらいました。

記者になったこと、がんになったこと。すべての出会いと経験と知識が活かされ、点と点がつながって線になり、円になっていく……それを全身で感じられたキャスターという仕事はわたしにとって宝物のような経験でした。いつかまた、さまざまな経験を経て成長したあとに回り回って経験できる日が巡ってきたらいいな、と密かに思っています。

生きてさえいられれば、それだけでいい

キャスターデビューを控えて準備を進めていた12月のある日、わたしにとってショックな出来事がありました。夜、彼と目黒川沿いをジョギングしていたときに左胸に痛みを感じ、帰宅しておそるおそる触ってみたところ、今度は左胸に小さなしこりを感じたのです。

がん告知から8年半。一般的には「10年経てば完治とみなせる」と言われていますが、その目前のしこり発見に、目の前が真っ暗になりました。

再発・転移を経験している先輩にもたくさん出会い、勇気をもらっていたものの、自分が直面するとどうしても冷静ではいられませんでした。しかも、来月からはキャ

スター兼務が決まっています。もし再発していたら、キャスターは代わってもらったほうがいいかもしれない。早く検査に行ってハッキリさせなくてはならないのに、なかなか勇気が出ませんでした。

数日経って一人では抱えきれなくなり、ようやく彼に相談。すると、彼はこう言ってくれたのです。

「たとえ再発しても、僕がついているから大丈夫。一緒に乗り越えよう。生きてさえいれば、なんとでもなる。美穂は、ただ生きてさえいてくれればいい」

この言葉に、鉛を飲みこんだように重苦しかった心が、スッと軽くなるのを感じました。

闘病中は「生きていられるだけで幸せ」と思っていたのに、それから10年近くが経ち、徐々に生きていることが幸せではなく、当たり前になっていました。そして、「もっと頑張らなきゃ」「もっと努力しなきゃ」と、自らやるべきことのハードルをどんどん上げてしまっていた気がします。

元気に毎日を過ごしていても、心の根底には再発・転移の不安があり、「明日動けなくなったらどうしよう」という思いが常にありました。でも、「生きてさえいればなんとでもなる」「生きてさえいてくれればいい」との言葉に、自分を縛っていたものが解けていくような気がしました。

また、同時期に弘子ちゃんからもこう言われました。

「生きてさえいれば、周りはそれだけで十分うれしいんだよ。それなのに、美穂さんはなんでそんなに無理をしているの？」

「生きてさえいれば」の気持ちに立ち戻れば、大抵の悩みは小さなことに思えてくるし、乗り越えられる気がしてくる。不安から自由になり、もっと自分らしく生きよう。以来、なにかあるたびに思い出す言葉になりました。

ちなみに、検査の結果、左胸に感じたしこりは良性で、しばらくして消えました。ホルモン治療の影響で8年以上生理が止まっていたのですが、胸のしこりも痛みも、生理が復活したことでホルモンバランスが変化したことが原因とみられるそう。生理前によくあることだと説明を受け、彼とともに胸をなでおろしました。

でも、もし再発していたら……8年半前に比べると知識もあるし、再発・転移を経験している先輩やがん経験者の仲間たちもたくさんいる。弘子ちゃんも、隣で支えてくれる彼もいる。そしてなにより、マギーズがある。8年半前とはがんとの向き合い方が全然違うだろうな、と改めて心強く思いました。

後日、再発の不安について弘子ちゃんに打ち明けたところ、言われたのは「たとえ再発しても、終わりじゃないっていつも言ってるじゃん！　美穂さんなら、ただでは起きないでしょ。そもそもそれはそうなったら考えればいいことで、そうなるかどうかもわからないことを心配している時間がもったいないよ！」。その通り。力強い言葉に励まされました。

再発・転移は怖いです。しこりが怖くてなかなか病院に行けなかったぐらいですから。でも、もしそうなっても、今のわたしは向き合い方を知っています。支えてくれる人がいます。日々がん医療を進歩させるべく尽力してくださっている方々もいます。生きてさえいれば、いくらでもチャンスはある。本気でそう思うことができています。

最も大切な人と、後悔のない人生を歩む

２０１８年12月末をもって、12年８カ月勤めた日本テレビを退職しました。そして２０１９年５月ごろから、夫と２人で世界一周の旅に出る予定です。

がんを告知された日に頭に浮かび、「やり残したまま死にたくない！」と思ったほど、憧れていた世界一周。当初計画していた「学生時代に世界一周」は実現できませんでしたが、「仕事の経験を積んでから、いつかは……」と思っていました。

がんになり、「結婚も出産も、長年の夢だった世界一周も、できないまま終わるんだ」と絶望したときもありましたが、少しずつ日常生活を取り戻す中で、「いつかは世界一周したい」という思いがわたしの大きな心の支えになっていました。そして、

いつしかそれは、「がんになって10年、完治といえるタイミングを迎えられたら」という具体的な夢になっていました。

そして、その「がんになって10年」を目前にした、2018年のバレンタインデー。少し奮発して、夫とホテルのレストランで食事をしていたとき、彼が急に「一緒に世界一周に行こう。美穂が覚悟できるなら、同じタイミングで仕事を辞める覚悟ができたから」と言ってくれたのです。

世界一周がわたしの夢であることは、もちろん彼にも話していました。彼もわたしも会社員なので、「結婚休暇と年末年始休暇、有給休暇をかき集めてどうにか2、3週間捻出して新婚旅行として弾丸で行きたい」と提案し、昔からの夢を形だけでも実現しようと計画していました。それを、「美穂が行きたいのは、現地を暮らすように旅したり、人との出会いを大切にしたりできる余裕のある世界一周でしょ。都市をスタンプラリーのように回る弾丸ツアーすぎる世界一周では満足できないと思う」と見抜き、まさにわたしが夢に思い描いていたような世界一周をまさか一緒に叶えようとしてくれるなんて思ってもみなかったので、驚きました。

そこから2人で、時間を忘れて世界一周について話し合いました。いつ行くか、どれぐらいの期間にするか、どの国を回りたいか……家に帰ったらいくらだって話せるのに、移動する時間も惜しくてレストラン併設のバーで深夜2時ごろまで盛りあがって。どうせ行くなら半年とか1年、じっくりかけて、1カ所あたりの滞在期間もある程度確保したほうがいいんじゃない？ と、話がどんどん発展していったのです。そして、会社を辞めるならあれもやりたい、これもやりたいと、どんどん夢が膨らんで、ぱっと目の前が開けたように感じました。

でも途中、ふと我に返り、「本当にいいの？」と彼に確認しました。彼のキャリアや活動が中断してしまっていいのか。なんの不満もない、恵まれた環境で働かせてもらっている会社を2人揃って辞めるなんて、もったいないんじゃないか、冒険すぎるんじゃないか、とも思いました。すると、「いつ死んでもおかしくないと思って毎日を生きている美穂と暮らすようになって、おれもそのことを強く意識するようになった。最も大切な人と後悔のない人生を歩みたい」と。

生きてさえいれば、仕事なんてなんとでもなる。それに、長い人生1年ぐらいは好きなことをしてもいいんじゃない？　なにより僕は、美穂がやりたいと思っていることをやりたい。その後に一緒にやりたいこともある。人生をかけて、一緒に挑戦して、夢を実現していきたいんだ——そう言われて、腹が決まりました。

もちろん、わたしにも葛藤はありました。ずっと憧れ続け、ようやく入社したテレビ局。念願だった厚生労働省の担当を経て、「スッキリ」と「ミヤネ屋」のニュースコーナーのデスク兼キャスターとして、伝えるニュースを選ぶところから放送に至るまで自分の思いを乗せられ、定期的に企画やドキュメンタリー番組も企画制作できるようになり、入社以来一番、脂が乗っている時期でした。手にあるものを捨てたり、始めたことを途中でやめたりするのが大の苦手なわたし。定期的に入ってきている2人分のお給料が、同時になくなることへの計り知れない不安もありました。

でも結婚し、将来の出産、子育ての可能性を真剣に考えるほど、「今しか機会はない」と思えました。幸い、マギーズ東京も無事にオープンし、資金面でも運営体制的にも、1年ほどわたしがいなくても、素晴らしいスタッフと遠隔から力を合わせ、帰国してから挽回すれば、続けていけるだろうと思えました。そして、記者として一通りの業務を経験し、何本か番組も世に送り出すことができ、仕事面でも「やりきった感」がありました。

そしてちょうど、ずっと思い描いていた「がんになってから10年」の年。絶好のタイミングで夢への実現へと舵を切る提案をしてくれた夫には、感謝しかありません。

人生は、神様がくれたボーナス

この「バレンタインデーの決断」をした月、まだ誰にも秘密だった中で山下弘子ちゃんにこっそり「仕事を辞める決意をした。世界一周に行ってくる！」と連絡しました。

「いいね、ようやく決断したんだ！　わたしも行きたくて調べていたんだけど、世界一周航空券っていくらだか知っている？」

「え、いくらなの？」

「ビジネスでも60万円台からあるんだよ。意外に安いでしょ。エコノミーは30万円くらいからだし、美穂さんは散々働いてきたんだから、ここは断然ビジネスがお勧め。ところで、その前に10日間モロッコの格安ツアーを見つけたんだけど、来月一緒に行かない？」

　あいかわらずのバイタリティと、慣れ親しんだ無茶なお誘いがうれしいけれど、今回は難しそう。

「年末年始にもう休んでしまって冬休みはないし、ゴールデンウイークに家族挙式でハワイに行くために休みをもらうし、この時期にモロッコ10日間はちょっときついかなあ……」と言うと、「美穂さんは会社にすごく求められていると思っているかもしれないけれど、別に美穂さんがいなくたって会社は回るよ。辞める決意をしたのに最後まで好きに有休も使えないんだね。仕事人間すぎるし、周りを気にしすぎ！」と。おっしゃる通り。いつも核心をついたことをはっきり言ってくれるのも彼女の魅力です。

「美穂さんが世界一周するまでにがんを治して一緒に行きたい！　そこまでできなくても、世界のどこかで落ち合おうね」なんて言っていたので安心していたのですが……本当に悲しくショックなことに、弘子ちゃんとのやりとりは、これが最後になってしまいました。この後、彼女は緊急入院し、３週間一度も目を覚ますことなく3月25日に天国へと旅立ってしまったからです。

緊急入院する前日まで、彼女は精力的に生きていました。京都旅行から帰宅し、「お寺めぐりをしたから歩きすぎたのかも……少し苦しい」と病院に運ばれて緊急手術、そこから意識不明になってしまいました。ＩＣＵにいる彼女に会いに行き、祈り続けましたが、祈りは届きませんでした。

彼女と出会って4年、その間、何度となく言われたのが「もっと自分に素直に生きていいのに、なんでそんなにやりたいことを我慢しているの？」。「これを読んでみて」と渡された彼女の付箋だらけの書籍『嫌われる勇気』は今も手元に大切にあります。

彼女は、命には限りがあることを、誰よりも理解していた人。だから、やりたいことや行きたいところを見つけたら先延ばしにはせず、体調が不安定な中でもそれをどう実現できるかを考え、次々と叶えていきました。そんな彼女に出会って、「やりたい」と思っていることを、「やりたい」のままにしておく人生にはしたくない、いつか再び死と直面しなくてはならなくなったときに同じ後悔はしたくない、と強く思うようになりました。会社を辞めて、世界一周の旅に出るという決断ができたのも、夫だけでなく、弘子ちゃんの存在があったからこそだと思っています。

せっかくこの世界に生きているのだから、世界中のまだ見ぬ景色や面白い人に出会いたい。マギーズだって、たまたま参加した国際会議で出会い、気づけばそれがわたしの今の生活のかなりの部分を占めるようになりました。これからやっていきたいことのモデルを、世界でたくさん見つけてきたいと思っています。

がんのコミュニティにおいては、がんの告知を受けたり手術を受けたりした日を、新たな自分が生まれた「セカンドバースデー」と呼ぶことがあります。毎年この日を迎えられることに感謝し、お祝いをする。そしてまた、次のセカンドバースデーを目標に毎日を生きる。わたしは、「セカンドバースデー以降の人生は、ボーナスの人生」と捉えています。

がんになり、一度は「もう人生終わりだ」と死を覚悟しました。あのとき本当に人生が終わっていてもおかしくない状況が何度かありました。それでも、なんとか再び自分の人生に戻ることができたら、それまでとは違う景色が見えるようになりました。だからきっと、今の人生は、神様がくれたボーナスなのだと。そして、「10年が完治の目安」と聞いてから、検査のたびに怯えながらも目指してきた10年後の世界を今、生かされている。

今までは、そのボーナスの多くを「10年前の自分のような課題に今ぶつかっているがん患者」のために費やしたいと思ってきました。それが自分の使命だと思うことが原動力になっていました。

今もその考えに変わりはありませんし、「STAND UP!!」や「Cue!」の立ち上げ、マギーズ東京のオープンなど、やりたいことを見つけてはチャレンジし続けてきましたが、弘子ちゃんが言い続けてくれた「自分に素直に生きていい」、夫がいつも言ってくれる「生きてさえいれば、なんとでもなる」などの言葉を受けて力をもらい、少し視点が変わりました。

せっかくのボーナスなのだから、自分で自分に足かせをつけず、もっと自由に楽しまなきゃ。マギーズの活動ももっとやりたいし、思いきり発信もしていきたい。そして、夢だった世界一周だってやりたいし、そのすべてを活かしてさらなる大きな夢にも挑戦したい！

そう思えたから、会社を辞める決断もできました。わたしはがんになって気づきましたが、本当は、がんになっていなくても、人生そのものがボーナスみたいな贈り物。「やりたいこと」をやらずに後悔することはあっても、やって後悔することはないはず。もっと自由に、柔軟に、人生を歩んでいきたいと思っています。

平らになった右胸の傷は、「プラマイプラス」

乳がんになり、右の乳房を失って10年。若い人を中心に乳房再建をする人が多いのですが、わたしは今までしてきませんでした。

乳房再建には手術が必要ですし、一部保険が適用されるものの費用面の負担もありますが、乳がんを経験した人がＱＯＬ（生活の質）を取り戻すために重要な選択肢の一つです。わたしも、まだ若いという理由で周りに何度となく勧められました。が、敢えてそれを必要としてきませんでした。

乳房を失った当初は、本当にショックでした。

今まで当たり前のようにそこにあったものが、ない。右胸だけ、まるで背中を見ているみたいに平らで、代わりに大きな手術跡がある。鏡を見るたびに泣いていた時期もありました。

術後、傷を人に見られたくないから温泉や銭湯に行けない、胸元のあいた服が着られない……などと思っていた時期もありました。

でも今では、この傷が目に入るたびに、気が引き締まる思いがするのです。「ああ、この傷は、わたしにとって大きなお知らせだったんだな」と。

がんが発覚する前は、仕事漬けで不摂生な生活を送っていました。夜回りして、寝ずにメモを起こしたり原稿を書いたりして、また昼も取材に飛び回って……。当時の皇室担当はわたし一人で、「人一倍、頑張らないと！」と常に気を張っていました。若い女の子だからとなめられたくない、仕事で見返したいという思いもありました。当然、ストレスも溜まって暴飲暴食に走り、短期間で急激に何キロも太ったことも。がんが発覚する直前、宮内庁内で倒れてしまったのも、日々の無理が積み重なって、体が悲鳴をあげていたのだと思います。

そんな最中にがんが見つかったことで、仕事を一旦お休みし、生活をがらりし変えざるを得なかったのですが、今振り返れば「生活を見直し、人生でやるべきことを見つめ直しなさい」とがんが教えてくれたような気がしています。

そして、この右胸の大きな傷が、日々のアラートにもなっています。

今も忙しい毎日。少し無理をしすぎると、この傷がチクチクと疼くのです。まるで「少しペースダウンしなさい」と言っているかのように。そのたびに、「あ、まずい。少し休もう」とか、「栄養のあるものをちゃんとつくって食べよう」など、生活を見直すことができています。

何事にも熱中しすぎて、つい頑張りすぎてしまうわたし。このアラートがなければ、きっとまた倒れるまで走り続けてしまうと思うのです。

そして、その傷の最大の難点は、恋愛においてコンプレックスになる、ということだったのですが、夫にはじめて平らになった右胸の傷を見せた日、「好きだよ。よく頑張ってきたね」となでてもらい、それからは、がんになったあとそれなりに大変だった人生を生き抜いてきた証のように愛おしくさえ思えるようにもなりました。

それに、「あるはず」と思っているものが「ない」と思うとつらいかもしれませんが、「ない」前提で生きるようになったら、意外と慣れ、馴染んでいくものです。左右のバランスが変わったことで肩こりがひどくなったり、パッドを入れているのを忘れて動きすぎて落としてしまったりという失敗をするなど、日常生活での不便も実はあります。でも、人はみな完璧ではなく、どこか欠けていたり、弱点があったりするもので、わたしの場合はそれが右胸、というだけ。そう思って今は温泉にもプールにも平気で行っているし、専門のランジェリーショップでブライダルインナーに手を加えていただくことで憧れだったビスチェタイプのウェディングドレスも着ることができました。

もしかしたら、いつか再建という選択をする日が来るかもしれません。ただ、この傷に気づかされ、愛を感じ、命があるありがたさを日々実感している今、この傷とともに生きることは、「プラマイ（±）ゼロ」どころか、「プラマイ（±）プラス」だと、心から思っているのです。

すべての人のためになることはできないと割りきる

誰かの希望になれたらと、さまざまな活動を行い、積極的に発信するようになってから、わたしが行動し、発信することで傷つく人がいるのではないか……と迷い、悩んだ時期がありました。

マギーズ東京をオープンし、講演などもするようになって、「支えられている」「ありがとう」などと感謝の言葉をかけていただける機会が増えて、どれだけ力をもらっているかわかりません。ただ一方で、「マギーズがすべての人を救えるとは思わないで」「みんながあなたのようにはなれない」と言われたことも。たった1、2人の言葉でも、言葉にはしない多くの人の言葉を代弁している気がして、100人の感謝の言葉をかき消すほど重い言葉だと感じ、はっとしたことがあります。

振り返ると、わたしも手術後2、3年は、街角ですれ違う見知らぬ人が楽しそうに笑っているだけで、妬んだり劣等感にさいなまれたりしてしまうことがありました。また、自分が不安の中にいたときは、それを乗り越えて前に進んでいくように見える人の姿に励まされるどころか、まぶしすぎて自分には真似できないとますます落ち込むこともありました。がんなどの病気に限らず、人はつらいとき、どうしても近しい立場の人と自分とを比べてしまうものだと思います。

「わたしの活動や発信によって誰かが傷ついているかもしれない」と想像すればするほど悩むようになりました。また、がんになって出会った仲間とお別れすることになるたびに、「どうしてわたしは今生きているのだろう」と申し訳なく思ったり、「わたしがどんなに頑張っても治すことはできないんだ」と無力感に打ちひしがれたりもしました。

そんなとき、思い出したのが『余命1ヶ月の花嫁』を読んだときのこと。実は、がんになった当時に話題になり、ずっと目をそらし続けていたこの本を、職場復帰してから1年後ぐらいに読んでみて、思いきり落ち込みました。どうにか体力も回復し、仕事のペースも取り戻してきたころだったので、自分としては「もう大丈夫だろう」と思って手に取ったのですが……実際はまだまだ乗り越えられていなかったのです。この本は映画化もされ、「感動した」との声が多く聞かれましたが、誰かに感動を与えるものであっても、別の誰かを傷つけるかもしれないのだと、痛感しました。

また、乳がんの正しい知識を広める「ピンクリボン」キャンペーン。早期発見・早期治療の大切さは身をもってわかっているのですが、「早期発見で命を守ろう」というフレーズに早期発見できなかった自分が責められているような気がしてしまい、乳がんになってから数年はこのキャンペーンを目にするのがつらかったです。

これらのことを思い出し、今では「全員に絶対的に喜ばれる活動や発信はない」と冷静に捉えるように自分に言い聞かせています。

善意でも、それがいらない人もいる。誰かにとってはありがたい灯台のような存在でも、誰かにとってはまぶしすぎたり目障りだったりすることもある。同じ病気や経験でも、同じように捉えられるとは限らない。マギーズは、国内では今のところ東京にひとつしかなく、地方の人や移動が難しい人がふらりと訪れることは難しいし、同じように寄り添ったつもりでも、助けになれることもあれば、なれないこともある。

でも、どんなに悩んでも、結局は自分にできることを最大限、愚直にやるしかない。わたしが行動し、発信することで役に立つ人が一人でもいるならば、その人のために頑張りたいと思っています。

誰かと比べてしまったり、嫉妬してしまったりすることは、自分でも面倒くさいなと思います。でも、人は相対的な生き物で、誰もがそんな感情を持っている。マギーズはそういう感情もひっくるめて、「それでいいんだよ」と一人ひとりをそっと抱きしめるような存在であれたらと願っています。

「幸せの基準」は常にアップデートする

弘子ちゃんに出会った当初、「美穂さんにとって幸せってなに？」と聞かれたことがあります。

そのときに真剣に考え、出した答えは「誰かに必要とされること。愛され、感謝されること」でした。

当時はまだ、「一生恋愛も、結婚、出産も無理かもしれない」と思っていたので、誰かに必要とされることで幸せを感じたかったのです。実際、必要とされたくて、仕事に、「STAND UP!!」やマギーズの活動にと走り続けてきたところがあったと思います。

でも、最近、自分にとっての「幸せ」が少し変化してきたことに気づきました。

今のわたしの幸せは、「愛する人と未来を描ける」こと。

わたしのことを心から必要としてくれる人に出会い、わたしも、彼を必要としている。がむしゃらに走り続けた日々は過ぎ、愛する人と肩の力を抜いて自然体で歩んでいける喜びを今、かみしめています。

がんになる前、あんなに行きたいと思っていた世界一周の旅。この夢を叶えるチャンスは、この10年の間にもあったはずなのに今決断できたのは、そんな人に出会えたからだとも思っています。愛する人と長年の夢を叶え、ともにその先の未来をワクワクしながら描いていくことが、「今のわたしが求めている幸せ」なのだと。

「幸せ」は、そのときの環境や境遇によって変わるもの。定期的に、今の自分にとっての幸せはなにか？　を自分に問うてみるのは大切なことだと思います。「幸せ」をどんどんアップデートしていかないと、「過去の幸せの基準」にとらわれてしまい、新たな幸せに気づけなかったり、行動が制限されたりしてしまう恐れがあるからです。

その時々に感じる「幸せ」に正直に生きれば、もっと人生が楽しく、実りあるものになるはずです。

自分の物語をどう完成したいか、意識する

10年前、がんになったことでわたしの人生は変わりました。

これからもずっと、当たり前のように続くと思っていた未来。それが一瞬で閉ざされ、「わたしはもう死んでしまうんだ」と悲観し、人生の終わりを覚悟しました。

でも、がんになったからこそ出会えた人たちがいます。わたしを励まし、最良の治療を施してくれた先生方、勇気づけてくれたがんの先輩たち、「STAND UP!!」で出会った仲間たち……。マギーズだって、わたしが健康でいたならば、その存在に気づけたかどうか。

「キャンサーギフト」という言葉があります。がんがくれた贈り物という意味で、が

んは不幸なことだけではないという考え方です。

がんはもちろんつらい経験だし、苦しく悲しい。渦中にいると、とても「贈り物」だなんて思うことはできません。でも一方で、がんにならなければ出会えなかった人、気づけなかったものも確かに存在するのです。

マギーズ東京に来てくださった方に、「この場所がわたしの希望です」と言われると、がんになったからこそできることがあったのだと思えるし、がんになって嘆き悲しんだ経験があるから「今のわたし」があるのだと確信しています。がんになっていなかったら、夫にだって出会えなかったでしょう。

命には、必ず「終わり」が来ます。わかりきったことではありますが、日々の生活の中でなかなかそれを実感できないもの。わたし自身、がんになるまで死についてあまりに自分ごととして考えなさすぎました。

でも、がんになって人生の終わりを覚悟し、闘病中に何度も「わたしはどんな終わりを迎えたいのか」と考えました。自分にとって、どんな終わり方であれば、「幸せな人生だった」と思えるのかと。

わたしは、大変なことも苦労も多いかもしれないけれども、そんな経験もひっくるめて、自分らしい愛に溢れた面白い人生を送りたいと思っています。そして、どんな長さでもどんな状況でも、この世に生まれたこと、大切な人に出会えたことに感謝し、感謝されながら死ぬことができたら幸せだなと思っています。

人生は、自分が主役の一つの物語。終わりを意識し、どんな物語を紡ぎたいのか考えれば、やるべきことに躊躇なく踏み出すことができ、ブレずに突き進むことができます。

「そんな先のことなんて考えられない」という若い人も、「病気なんてしたことがない、元気でぴんぴんしているから終わりなんてまだまだ」という人も多いと思いますが、わたしがまさにそうでした。ちょっと脅かすようですが、病気とは無縁だと思っていた24歳が、一転、死の存在を突きつけられる状況に陥ったのです。

ぜひ一度、目をつぶって「自身の終わり」を想像してみてください。
今を漫然と過ごせなくなります。
やりたいことを先延ばしにできなくなります。
会いたい人にも会っておこう、と思えるようになるはずです。

がんになって、死を間近に感じるようになって、「死ぬときには、なにも持っていけない」ということに気づきました。物も、お金も、なにも持っていけない。できるのは、この世の中になにかを「残す」ことだけ。この社会になにを残していきたいのか、どんなふうに人の記憶に残りたいのか。そう考えてみるとやるべきことが見えてきて、人生がさらに奥深いものになると、わたしは思います。

大きな「軸」を持って生きる

人間、誰しもいろいろな悩み、悲しみ、課題、困難を背負って生きています。がんだけでなく、さまざまな病気や障害、仕事や家庭の問題、人によっては失恋も人生における大きな悲しみ、困難です。

わたしの好きな言葉に、「人はそれぞれ事情を抱え、平然と生きている」という伊集院静さんの言葉があります。誰しもなにかを抱え、でも一生懸命生きている。電車で隣の席に座っている一見普通の人でも、もしかしたら想像もつかないような大きな悩みを抱えているかもしれません。

がんになるまでのわたしは、「事情を抱えた人」というのは、自分ではない誰か他人のことだと思っていました。「人のためになりたい」と漠然と思いながら、どこか上から目線だったところもあったかもしれません。

でも、わたし自身が乳がんという事情を抱え、それなりに社会の荒波に揉まれたことで、周りのことを「自分ごと」に置き換えて、よりあたたかく、寄り添った目線で見られるようになりました。さまざまな事情が想像できるようになりました。これも、がんが教えてくれた大切なこと。

マギーズのコンセプトは「HUG YOU ALL」。どんな感情を抱えている人も、そっと抱きしめてあげられるような、一人ひとりを認め、尊重できるようなセンターにしたいと思って、「Cue!」のときと同じく金そよんさんに相談しながら、考えました。

こういう考えが少しずつ広がって、自分とは違う立場や経験、価値観を持つ人の気持ちを一人ひとりが「想像」さえできるようになったら、そして、どんな事情もひっくるめて抱きしめてあげられるようになったら、みんながより自分らしく生きられる優しい社会になると思っています。

日本テレビでの仕事と、マギーズでの仕事。一見全然違うことをしているように見えるかもしれませんが、実はどんな仕事もプロジェクトも、ここにつながるようなつもりでやってきていました。今年からは会社員ではなくなりましたが、これからもこのコンセプトを胸に、人々が支え合い、誰もが自分の居場所を見つけられる優しい社会をつくるきっかけになるような情報発信や場づくり、コミュニティづくりなどをしていきたいと思っています。世界一周の旅でも、そのためのヒントをたくさん拾ってくるつもりです。

そして実は、学生時代からわたしがやりたいこと、つくりたい社会像は変わっていませんでした。新たな課題に出会って学んだり、表現方法が変化したりしながらも、大きな「軸」は、ずっと一緒。そのことに気づいたのは最近のことなのですが、自分の「軸」が明確になった今、もう迷うことはありません。

思いをともにする最愛のパートナーと、新しい世界を開拓していけることが楽しみで仕方ありません。

あとがき

解き放たれて

これから2人で、新しい人生の旅を始めます。

まずは、夢だった世界一周の旅。2019年5月、平成の時代が終わるころに出発し、1年間ほどの予定で世界のさまざまな地を訪れ、いろいろなことを肌で感じたいと考えています。ずっと憧れていたボリビアのウユニ塩湖やギリシャのサントリーニ島などの島々で新婚旅行を満喫したい。一度も降り立ったことのないアフリカ大陸で大地の息吹を感じたい（弘子ちゃんが誘ってくれたモロッコなど、彼女と行きたかった場所にも訪れるつもりです）。そして、世界中に生きる人々と出会い、そこに存在する課題と、それを解決している取り組みを学びたい。夢は膨らむばかりです。

そして、帰国後は、世界中のいいアイディアをかけ合わせて、夫と2人でいろいろな人が寄り添って支え合える場や、社会をよりよくする仕組みをつくっていきたいと思っています。

夫を「ビジネスパートナーとしても最高の相手だ」と感じたのは、結婚式の準備をしていたとき。

よく結婚式の準備でぶつかり合い、大喧嘩するカップルが多いと聞きますが、わたしたち夫婦は逆に団結力が高まった気がします。溢れ出すわたしの思いを夫はいつも整理してくれ、どうすればたくさんのゲストに楽しんでいただけるか、感謝の気持ちを伝えることができるか、納得のいくまでとことん話し合い、細部までこだわることができました。

当日は、2人とも直前まで準備に追われ、完全に寝不足。でも2回の披露宴を存分に楽しみ、夜11時半にすべてのゲストを見送ったあとは言葉にできない幸せを感じました。「2人で結婚式をつくり上げることができた」という強い充足感があったのです。

緊張感から解放され、ふと朝からなにも食べていないことに気づき（たくさんのゲストにご挨拶するため、豪華なお料理に口をつけることができませんでした……）、深夜2人でホテル近くの「天下一品」に。おいしそうにラーメンをすする夫の横顔を見ながら、「この人と一緒に仕事をしたら楽しい」と確信したのです。

これからやりたいことはたくさんありますが、マギーズ東京を運営していると、マギーズの地方版がほしい、マギーズのうつ病バージョン、認知症バージョン、LGBTバージョンがほしいなどという話をよく伺います。夫が運営する「ONE JAPAN」も、「大企業で孤軍奮闘する若手・中堅のコミュニティ」と、対象は違いますが実は場づくりという点では似たことをしてきていて、人々の孤独の解消と居場所づくりは今後もわたしたちのキーワードになっていくだろうと話しています。

イノベーションは、知と知の組み合わせで生まれる、といいます。これから巡る世界中のモデルやアイディアにヒントを得て、素晴らしいところ、参考にしたいところをかけ合わせながら、がんに影響を受けた人だけでなく、みんながより幸せに生きられる日本発の取り組みを考えていきたいです。

そして、発信もしていきたいです。

今までテレビ局の記者として、さまざまな報道に携わってきました。これからは、さまざまな思いや価値観、事情を抱えながら生きる人や、埋もれているけれど実は重要な課題や取り組みをテレビに限らない多様なメディアを通じて伝えていきたいと考えています。この世界に生きていて、一生なんの事情も抱えることがない人なんて、一人もいないと思います。わたしが発信することで、一人ひとりの「他人の事情」に思いをめぐらす人を少しでも増やしていきたいです。

さらに、課題を共有し、思いを同じくする人や組織などと、医・産・官・学・民の立場を超えて協力し合って、お互いの強みを発揮して解決をしていく「コレクティブ・インパクト」をたくさん生み出したいと思っています。始まったばかりの「CancerX」も、大切に育てていきます。

泣いても笑っても人生は一度きり。この世の中が少しでも生きやすい場になるためのなにかを残すべく、挑戦し続けていきたい。愛する人と、制限なく、自由に、自分たちらしく――。

大きな「軸」は変わっていなくても、がんになる前に思い描いていた未来と、こんなにも違う生き方をすることになるなんて！　わたしは、この全く予定調和ではない山あり谷ありの道なき道を行く人生が、面白くて大好きです。

すべての出会いや経験が、わたしたちの人生の物語をつくっていく。どんなことも自分の捉え方次第で、意味があり、価値があるものに変えられる。がんは、わたしにたくさんのことを教えてくれました。これからの人生でも、うれしいこと、悲しいこと、さまざまな経験をすることと思いますが、すべてのことに意味があると信じて、生きていきます。

最後に、感謝の言葉を。

この本をともにつくり上げてくださったダイヤモンド社書籍編集局第4編集部編集長の土江英明さんには学生時代からお世話になり、せん妄期間中に何度となく電話をして困らせましたが、その都度あたたかく受け止め、「きっと未来の美穂さんのためになるから、闘病中の記録を取っておいたほうがいい」との助言をいただきました。また、そのときからの記録と記憶をともにひも解いて整理してくださった伊藤理子さんがいなければ、この本は永遠に完成しなかったと思っています。出版が決まってから何年もお待たせしてしまったわたしを辛抱強く支え、三人四脚で歩んでくださった2人には、どんなにお礼を言っても言い足りません。

そして、どんなときも味方でいてくれる家族、ともに歩み続ける仲間、これまでのすべての出会いに、心から感謝しています。

２０１９年2月

鈴木美穂

この本のわたしの印税収入は、全額「認定NPO法人マギーズ東京」に寄付させていただきます。

マギーズ東京は、がんになった人とその家族や友人など、がんに影響を受けているすべての人が予約なく訪れ、医学的知識が豊富な専門家に相談できる施設です。
多くの皆さまに支えていただいているおかげで、どなたでも無料でご利用いただけます。

これからもマギーズが少しでも多くの人の力になれるように、この本が役に立つことができたら、これほどうれしいことはありません。

認定NPO法人 マギーズ東京

〒135-0061 東京都江東区豊洲6-4-18
Tel　　: 03-3520-9913
Fax　　: 03-3520-9914
E-mail : info@maggiestokyo.org
URL　　: https://maggiestokyo.org

［著者］
鈴木美穂（すずき・みほ）
認定NPO法人マギーズ東京共同代表理事
元日本テレビ記者・キャスター

1983年、東京都生まれ。2006年慶応義塾大学法学部卒業後、2018年まで日本テレビに在籍。報道局社会部や政治部の記者、「スッキリ」「情報ライブ ミヤネ屋」ニュースコーナーのデスク兼キャスターなどを歴任。
2008年、乳がんが発覚し、8か月間休職して手術、抗がん剤治療、放射線治療など、標準治療のフルコースを経験。復職後の2009年、若年性がん患者団体「STAND UP！！」を発足。2016年には、東京・豊洲にがん患者や家族が無料で訪れ相談できる「マギーズ東京」をオープンし、2019年1月までに約1万4000人の患者や家族が訪問。
自身のがん経験をもとに制作したドキュメンタリー番組「Cancer gift がんって、不幸ですか？」で「2017年度日本医学ジャーナリスト協会賞映像部門優秀賞」を、「マギーズ東京」で「日経ウーマン・オブ・ザ・イヤー2017チーム賞」を受賞。
2016年以降、厚生労働省「上手な医療のかかり方を広めるための懇談会」「がんとの共生のあり方に関する検討会」「今後のがん研究のあり方に関する有識者会議」、PMDA運営評議会、都庁「AYA世代がんワーキンググループ」などで複数の行政委員を兼任。
www.facebook.com/miho1016
Twitter:@mihoct16
Instagram:mihosuzuki_hamamatsu

もしすべてのことに意味があるなら
――がんがわたしに教えてくれたこと

2019年2月27日　第1刷発行
2019年3月22日　第2刷発行

著　者――鈴木美穂
発行所――ダイヤモンド社
〒150-8409　東京都渋谷区神宮前6-12-17
http://www.diamond.co.jp/
電話／03･5778･7227（編集）　03･5778･7240（販売）
編集協力――伊藤理子
装丁――――轡田昭彦
本文デザイン・DTP――坪井朋子
カバー撮影――平本泰淳
カバーヘアメイク――菊地身季慧
製作進行――ダイヤモンド・グラフィック社
印刷――――ベクトル印刷
製本――――ブックアート
編集担当――土江英明

ISBN 978-4-478-10712-6